太阳鸟文学年选

丛书主编 阎晶明
主　编 李建永

2024 中国杂文精选

# 美的智慧

辽宁人民出版社

图书在版编目（CIP）数据
美的智慧：2024中国杂文精选 / 李建永主编. -- 沈阳：辽宁人民出版社，2025.1. --（太阳鸟文学年选 / 阎晶明主编）. -- ISBN 978-7-205-11413-8
Ⅰ.I267.1
中国国家版本馆CIP数据核字第2024ME5890号

| | |
|---|---|
| 出版发行： | 辽宁人民出版社 |
| | 地址：沈阳市和平区十一纬路25号　邮编：110003 |
| | 电话：024-23284325（邮　购）　024-23284300（发行部） |
| | http://www.lnpph.com.cn |
| 印　　刷： | 辽宁新华印务有限公司 |
| 幅面尺寸： | 145mm×210mm |
| 印　　张： | 9 |
| 字　　数： | 190千字 |
| 出版时间： | 2025年1月第1版 |
| 印刷时间： | 2025年1月第1次印刷 |
| 责任编辑： | 刘　明 |
| 装帧设计： | 丁末末 |
| 责任校对： | 冯　莹 |
| 书　　号： | ISBN 978-7-205-11413-8 |
| 定　　价： | 68.00元 |

# 太阳鸟文学年选
# 编辑委员会

主　　编　阎晶明
执行主编　陈　涛

分卷主编

散　文　卷　李林荣
随　笔　卷　黄德海
杂　文　卷　李建永
短篇小说卷　陈　涛
小 小 说 卷　王彦艳

总序

# 年选是一种责任

◎ 阎晶明

每到年底，选本就成为热点。各种文学年选依次推出。名家主编、机构筛选，分体裁、分题材、分年龄、分性别，各显其能，各出新招。这是一个传媒不断发达，而且极速迭代的时代，也是一个写作方式、文学传播不断发生变革的时代，十年前的"新生"，已然成为"传统"，很多曾经的热议，今天看来，完全不具备继续关心的必要，只留下当年那般单纯的感慨。比如说吧，我现在参加文学活动，经常会听到对AI的议论，仿佛一场革命就要到来，又仿佛一个洪水猛兽正在闯入的路上。人们呼吁关注，也发表写作将会被替代的忧虑。文学是人学，难道会被"文学是人工智能学"所取代？现在当然给不了答案，但是它让我想起40年前电脑取代"笔"成为书写工具，引来文学人的一片惊呼。书写工具变了，思维岂能不变？写作速度提升，水分焉能防止？复制极大方便，原创如何保证？现如今，谁还把这个作为文学话题讨论呢？谁又敢说，坚持用笔书写的人一定比电脑录入的人更文学呢？也或者，谁还在阅读时嗅出了"电"的味道而感慨墨香不再呢？

文学就是如此在被迫适应与主动变革、坚守传统与引领新潮的纠缠中寻找着生存之道和发展之路。就像江河，曲折蜿蜒，清浊有别，又奔腾向前；就像空气，无形无色，浓淡各异，又须臾不可离开。这是我们最大的信念，这信念既来自文学数千年的伟大传统，也来自文学在一次次革命中获得的新生。

在如此复杂多样的文学生态背景下再来讨论文学年选的必要性和价值，就显得很有历史感。作品如此繁多甚至过剩，阅读又如此方便甚至厌食，年选是否仍有必要？回答应该是：正是因为目不暇接，精选才更显作用。如果有人问你近年来有什么好作品，说实话，一下子说出一篇小说、散文，或一首诗，还真的不易。那么，最方便的方式，就是推荐一本或一套年选作品集。

选编从来都是选编者眼光、审美的表达，是对文学形势的判断，更体现出一种文学的社会的责任。

1930年代，有人问鲁迅，如果只选自己的一篇小说推荐给世界，会是哪一篇？鲁迅说是《孔乙己》。为什么？因为在不足3000字的篇幅中写出了苦人的凉薄。这是鲁迅对自己小说艺术水准的自评，但我们看1927年鲁迅在《中国新文学大系·小说二集》中选了自己的四篇小说，《狂人日记》《药》《肥皂》《离婚》，恰恰没有《狂人日记》与《药》之间的《孔乙己》。为什么？因为1927年，五四新文学的时代主题还在，即使是选编，也更愿推出体现当时主题、现时仍然继续这一主题的作品。这就是一种责任的体现。

年选对于写作者，尤其是青年写作者具有特殊的鼓舞作用，我不妨再举一例。

青年方志敏，同时也是一位文学青年，他写过诗、小说、舞台剧作品。其中他在上海《民国日报》副刊上发表的小说《谋事》，曾被当时的某个小说研究机构选入了1922—1923《中国小说年鉴》。年鉴中出现的作者名字，包括鲁迅、茅盾、叶圣陶、郁达夫等名家。几乎没有文名的方志敏与之并列，给予他的鼓舞可想而知。1935年，方志敏在狱中坚持写作，写出了《可爱的中国》等美文。他设法把狱中文稿传送出去的时候，想到了鲁迅，并让传送者将部分手稿送到上海内山书店转交鲁迅。鲁迅也的确把这些手稿交给了冯雪峰，最终转送到延安。我个人以为，方志敏的这份信任，在一定程度上来自文学，这份信心也部分地得自于当年曾经在年选中与鲁迅"同框"。

你能说年选不是一件必须慎重、责任非常重大的事吗？我由此想与我们的编辑团队强调这份责任。我们的工作背后，有众多的目光关注，我们应该谨记这份责任和使命，为文学负责，为作家负责，为读者负责，甚至为未来留下年度的印迹负责。

辽宁人民出版社的文学年选坚持了很多年，已成为一个重要的文学和出版品牌，我们能够成为编选者，既感到荣幸，更感责任之重大。

愿我们的选择能够为读者带来新的审美体验，让文学像太阳鸟一样展翅飞翔。

是为序。

阎晶明

2024年11月18日

序一

# "看不惯"与"放不下"

◎ 李建永

编杂文年选,不免也向写散文、随笔以及写小说、诗歌、评论的文艺界同仁约稿。当年,鲁迅、林语堂、聂绀弩、邓拓等杂文大家佳作纷呈,自不待言;而像茅盾、郁达夫、巴金、老舍、艾青、丰子恺、李健吾、秦牧、萧乾、谌容、方成、黄永玉等写小说、写诗歌、写散文、写评论以及报人和画家们,也是写杂文的顶尖高手。如今组约杂文稿件时,有欣然应约者,不久便惠赐佳作。更多的则说,杂文,那可不好写。这话当然有谦虚的成分在;然而,杂文也确乎难作。

直觉。大凡上乘之作品与艺术品,都是美妙、精妙、高妙而奇妙的,此"四妙"者,又是难以言说的,故道家有"道不可言"之玄言,释家有"不可思议"之机锋,儒家有"匪夷所思"之譬拟。对于作家与艺术家来说,发现美,认识美,捕捉美,表现美——美的感觉,美的思想,美的形态,美的享受,等等,都是"难于上青天"的,又是需要异乎寻常的直觉与悟性的。悟性亦始之于敏锐的直觉,而后冥想,覃思,开悟。美国教育家帕克赫斯特讲过:"所有伟大的发明家,直觉都比思考跑得快。"法国文学家巴尔扎克也说过:"直觉是灵魂的眼睛。"因而,敏感敏锐的直觉,是一个优秀作家和艺术家的"天赋异禀"。那么,杂文家的"天赋异禀"是什么?在我看来,杂文家首先应该具有"看不惯"的性格与直觉。"看不惯",并不是看着什么都不顺眼,牢骚满腹,怨天尤人;而是洞见社会与人性的反常规、特殊性与典型性。只有开掘"不一样"的题材和题目,才可能具有原创性与创新性。几乎每个人的直觉都包含着审美功能与价值判断。如果你对什么都"看得惯",心气平和,温文尔雅,满嘴"今天天气哈哈哈",看什么都"差不多",习以为常,习焉不察,那就不必去硬作杂文了。当然,需要声明一下,杂文是文学作品,是剖析人生与社会的"批判的武器",是审美与审丑(审丑也是审美的组成部分)的价值取向与艺术呈现,并不负责解决什么具体的现实社会问题。"批判的武器",永远替代不了"武器的批判"。

　　思辨。据说,学理科的人侧重于逻辑思维,而搞文学创作则侧重于形象思维。然而,杂文是立论的文体,是"诗的政论,政论的诗"。因而,杂文的"诗性",决定了它的文学属性,侧重于形象思维;其"政论性",又决定了它的论说特性,侧重于逻辑思维。杂文的高度,取决于写作者的观点与思想的新度、锐度与深度。故不仅要兼具形象思维与逻辑思维,同时还要具备反向观照的逆向思维。杂文家的世界观与创作观,最主要地体现在他的价值观与是非观上。人与世界都是多样性复杂性的。面对同样一个问题,有说东的,也有说西的,还有说南北的。奥地利哲学家维特根斯坦讲过:"人不能言说他无法思考的东西。"你要讲"东",

就要讲出自己所思考所认知的正确判断，完成自我论说的逻辑闭环。杂文是最讲哲学的。写杂文拼的是观点和思想。像鲁迅的《论雷峰塔的倒掉》《小杂感》《二丑艺术》《拿来主义》等，以及艾青的《画鸟的猎人》，萧乾的《"上"人回家》，胡适的《差不多先生传》，等等，每一篇都是"诗的政论"，每一篇都开掘出一个崭新的观点，每一篇都呈现着沉甸甸一疙瘩思想。

学养。在我看来，杂文家还应该是一个"杂家"，见识高远，学识渊博。南朝梁代文论家刘勰《文心雕龙·神思》讲过："积学以储宝，酌理以富才，研阅以穷照，驯致以绎词。""积学""酌理""研阅""驯致"，是对所有文章家而言的；但我以为，这四个要求，对于杂文家尤为"合适"。也许有人会说，伟大的杂文家鲁迅先生是不赞成读古书的——特别是中国书，抑或还会搬出先生的话："我以为要少——或者竟不——看中国书，多看外国书。"先生讲这话是有具体针对性的，不可脱离当时的现实历史环境而生拉硬套。事实上，先生恰恰是饱览中国古籍的杰出典范，不然的话，是写不出——"我们目下的当务之急，是：一要生存，二要温饱，三要发展。苟有阻碍这前途者，无论是古是今，是人是鬼，是《三坟》《五典》，百宋千元，天球河图，金人玉佛，祖传丸散，秘制膏丹，全都踏倒他"——之类元气淋漓学养深厚的警世名言的！而且，先生为其好友许寿裳之子许世瑛开列的古代文学书单，即有《唐诗纪事》《唐才子传》《四库全书简明目录》《世说新语》《抱朴子外篇》《唐摭言》《论衡》等十二种。俗话说，人的肚子，杂货铺子。杂文家的"肚子"亦当如此。虽然说"书肚子"不等于好杂文，但是要想写出好杂文，是离不开"书肚子"

的。且不说鲁迅先生的皇皇巨著——十七部杂文集，只要读一读王了一（王力）的《龙虫并雕斋琐语》与钱锺书的《写在人生边上》两本薄薄的杂文集，就知道"书肚子"对于杂文写作之至关重要性。

程器。这个词出自《文心雕龙·程器》："《周书》论士，方之梓材，盖贵器用而兼文采也。"我之所以把它抽绎出来，作为概括杂文家必备的五个关键词之一，是因为愚以为，作家，特别是杂文家，不仅要有思想与文采，而且本质与品格也要好，亦即"贵器用而兼文采也"。文武之道，一张一弛。在所有的文体中，由于杂文是"批判的武器"，是有针对性的"批判之的"的，是有批评、辩驳、折冲之"论敌"的，因而杂文最近于"武道"。孔子曰："有文事者，必有武备；有武事者，必有文备。"故杂文家亦需要"将韬兵略"，故战斗性的杂文犹如"林中的响箭"。由于杂文是激浊扬清、鞭恶扬善的战斗文体，因而杂文家亦当具备坚持真理、坚守阵地的"放不下"精神。如果说"看不惯"特质，是杂文家的性格与直觉；那么"放不下"精神，则是杂文家的境界与情怀，直面与担当。因为"看不惯"，所以"放不下"，必将诉诸笔端而后快哉！"放不下"精神既包含着时代性与人民性，亦体现着历史观与使命感。

风骨。风格即人。风骨即性情与骨力。《文心雕龙·风骨》云："练于骨者，析辞必精；深乎风者，述情必显。捶字坚而难移，结响凝而不滞，此风骨之力也。"所谓汉魏风骨，刚健遒劲，既指作家之品格气概，亦指作品之风格特质。我曾以杜甫的两句诗"冰雪净聪明，雷霆走精锐"，来分别概括散文与杂文的特点：

散文是"聪明之制",乃偏重于性灵的优美文字;杂文是"精锐之作",乃斩钢杀铁的壮美利器。杂文向来号称"投枪""匕首""针砭""蔷薇"等,给人一种风萧萧的凛冽。我在《雷霆走精锐》中写过:"我之所以用'雷霆走精锐'来概括杂文的特点,是因为'雷霆'代表力度,'精锐'代表美感;力度是思想的力度、批判的力度,美感是精金之美、阳刚之美。好杂文是有力量的。美是力量,批判是力量,思想也是力量;好杂文是'批判的武器',是思想的雕塑,是立论的美文。"

唐代诗人杜荀鹤有句:"辞赋文章能者稀,难中难者莫过诗。"而杂文作为"诗的政论,政论的诗",其写作亦是有些难度的。我一直在披沙拣金寻觅遴选"看不惯"与"放不下"的作家并艺术家们的杂文佳作。通过这本《美的智慧:2024中国杂文精选》,即可以看到当下愈来愈多的散文家、小说家、诗人、报人、学者和艺术家们,与杂文家并肩进行杂文创作,且时有佳构。为此欣然,谢谢诸君!

2024年11月1日写于京东果园南书坊

# 目录

| | | |
|---|---|---|
| 001 | **总序** 年选是一种责任 | 阎晶明 |
| 001 | **序** "看不惯"与"放不下" | 李建永 |
| 001 | 汉字的分量 | 王　蒙 |
| 005 | 孩子天生懂文学 | 刘亮程 |
| 009 | 每个孩子都是独一无二的 | 魏　晞 |
| 012 | 给社会弱者以尊严 | 沈　栖 |
| 016 | 从炫富到炫雅 | 顾　农 |
| 018 | 谁天生愿意挨打？ | 红　孩 |
| 023 | 倍速时代的书信 | 狄　青 |
| 026 | 年轻读者"举起"了史铁生 | 韩浩月 |
| 030 | 丢掉"拐杖" | 伍　柳 |
| 032 | 由糖葫芦想到凯恩斯消费主义 | 李文进 |
| 037 | 数学不是创造力的反面 | 绮　云 |
| 040 | 可怕的"拿铁效应" | 贵　翔 |
| 042 | 谈谈"荣誉" | 胡建新 |
| 044 | "云端大脑"会让人更聪明吗 | 岑　嵘 |

| | | |
|---|---|---|
| 047 | 如果你被"看脸的世界"吞噬 | 李 蕾 |
| 049 | 畸形的"饭圈文化" | 谢杨柳 |
| 052 | 短视频不容"娱乐至死"野蛮生长 | 蒋 萌 |
| 054 | 家长烧掉孩子成堆的烟卡，先别叫好 | 蒋 理 |
| 057 | 扫兴，助兴 | 加 妈 |
| 059 | "黑悟空"遭遇第八十二难 谁来"降妖除魔"？ | 冯海宁 |
| 062 | 跟内耗说拜拜 | 北 北 |
| 064 | 终于鼓起勇气谈谈优雅 | 林少华 |
| 069 | 靠外卖小哥找干净店靠谱吗 | 戚耀琪 |
| 072 | 读书，让我的世界变得美好 | 沈俊峰 |
| 076 | 希望书能再薄一点 | 丁以绣 |
| 079 | 与常识斗争 | 贝小戎 |
| 082 | 认知努力有什么用 | 苗 炜 |
| 085 | "磨"与"不磨"的张力 | 陈平原 |
| 089 | 婴儿评奖 | 戴建业 |
| 091 | 风凉何处 | 肖复兴 |
| 094 | 名人的嘴上功夫 | 蒋子龙 |
| 098 | 惜 物 | 云 德 |
| 102 | 说"虎皮" | 刘荒田 |
| 105 | 藏匿的日期 | 王乾荣 |
| 107 | 谁都有处不来的人 | 刘诚龙 |

| | | |
|---|---|---|
| 111 | 心里装几个"我不如" | 陈鲁民 |
| 113 | 一个"名"字撞弯多少腰 | 齐世明 |
| 116 | 从"凿壁偷光"到"专地盗土" | 安立志 |
| 119 | "我"没有偏旁 | 孙道荣 |
| 122 | 奢侈起祸 | 洪 水 |
| 124 | "万一"与"一万" | 吴四海 |
| 127 | 井蛙共振 | 蓬 山 |
| 129 | 马和鸭子 | 肖 瀚 |
| 133 | 屋顶的牛，风里的鸡 | 潘 敦 |
| 137 | 一匹没有躺平的马 | 徐慧芬 |
| 140 | 敬 笑 | 孙贵颂 |
| 143 | 爱人以德 | 清风慕竹 |
| 147 | 别让蝉瞧不起 | 王惠莲 |
| 150 | 不要催 | 张 欣 |
| 152 | 左太冲 | 王 晖 |
| 155 | 不可选择的人生 | 曲建文 |
| 158 | 换个板凳心地宽 | 杨宏国 |
| 161 | 向宽处行 | 张燕峰 |
| 164 | 耍官威的洪太尉 | 侯讵望 |
| 168 | "富硒虫草蛋""与辉同行"及其他 | 戴美帝 |
| 172 | 美的智慧 | 于 坚 |
| 175 | 鲁迅与"治愈" | 毕飞宇 |

| | | |
|---|---|---|
| 177 | 写作，当深挖一块土地 | 孙 郁 |
| 182 | 写作时必须"目中无人" | 宇 秀 |
| 185 | 洛克的比喻及其他 | 李 荣 |
| 192 | 文章之"味" | 曹国琪 |
| 195 | 独处的艺术 | 周家望 |
| 201 | 烧不掉的书 | 郁喆隽 |
| 203 | 回到本身 | 陈启银 |
| 206 | 只要在路上 | 杨仲凯 |
| 209 | 不焦虑的秘密 | 赵款款 |
| 212 | 有趣之人与无趣之人 | 何 华 |
| 214 | 看　画 | 草 予 |
| 217 | 代叩阍 | 李向伟 |
| 220 | "新中式"与"老钱风" | 阿 蒙 |
| 222 | "苦口婆心"还须"良方猛药" | 朱国平 |
| 225 | 唯有信任不可辜负 | 张树民 |
| 228 | 用什么语言思考 | 孙 颙 |
| 231 | 要允许有"谔谔之言" | 范国强 |
| 233 | 与陌生人同行 | 查理森 |
| 238 | 普通人的权利 | 周友斌 |
| 240 | 名师与高徒 | 管继平 |
| 243 | 多恕少怨天地宽 | 杨光洲 |
| 246 | 进退两相宜 | 三 三 |
| 248 | 蚂蚁视角与宇宙视角 | 高 伟 |
| 251 | 帽子的随想 | 黄天骥 |

| | | |
|---|---|---|
| 258 | 一厘米的丰碑 | 成向阳 |
| 260 | 更善的选择 | 米　哈 |
| 262 | 猜时间，不猜命运 | 卢小波 |

# 汉字的分量

◎ 王 蒙

在认识和研讨中华文明的连续性和统一性的时候，我们会强调传统文化的优秀面：儒家的正义与道德文化理想，道家的辩证哲学与古代无政府主义乌托邦，墨家的非战与献身苦行，法家的富国强兵务实操作，民间文化的实用与互补，特别是在一个漫长的历史时期与农业文明发达的地域，中华文明的显著地缘优越地位，等等。

同时，我们不能不想到独一无二的高信息量、富有综合逻辑性的中文汉字。汉文字的稳定性，克服了地域方言与时期朝代沿革造成的阻隔变易异态，形成了"天不变字亦不变"，从而"道亦不变"，义亦不发生脆性中断性变化的连续统一局面。

文字学，我知之有限，不敢绝对化一切正字的是与非，但是，过分频繁地通过行政手段正字正音，我为之感到不安乃至痛苦。

例如，将长期以来的成语"遇难呈祥"改成或加上并列作一个"遇难成祥"，实际上造成了废"呈"为"成"的效果，在断然以原先的错别字"成"为正体的同时，引发了化精雅深刻为粗陋浅显的刺激痛感。呈是"呈现""出现""表现""开始有了苗头"的含义，是"福兮祸之所伏，祸兮福之所倚""塞翁失马，焉知非福"的暗示，而"成祥"，则是简单的等式，成语的含蓄，进程的细腻性、缓进性，美感荡然无存。

再如呆会儿、呆着，北京土语的"呆"，是无所事事、无所期待的意思，发音是第一声，平声。现在正字为"待"，是第四声，等候、等待、期待的意思。表面上看，"待"的含义比"呆"更明细铁定，但并不符合"呆"在有关语词中的实际含义，更不符合其发音。

如果是"呆会儿"，从词义上说，理解成"待会儿"似乎大致过得去。但是北京话还有一个重要的与更加原生的"呆"语，就是"呆着"。笔者曾经遇到一位新离休的老领导，问及他的生活状况，他回答："没事儿，呆着。"表达了他对于离退休制度与生活的还不习惯与某些不快情绪。这里的"呆着"，便完全与"待着"含义不同，它的含义是无可待，不是有所待。

正字选择了声部不同的汉字，使一些儿童干脆转读第一声的"呆"为第四声的"待"，令人茫然并且遗憾难受。

北方口语的"出幺鹅子"，语出麻将牌的前身纸牌，纸牌中有"幺鹅"，后来演变成了麻将牌中的"幺鸡"。但我们的正字行政机构曾经将此语定文为"出妖蛾子"，一度在编辑们奉为法典的《现代汉语词典》上释义为"即出'馊主意'"。这是相当离谱的事情，以致我不知道我们的行政正字部门有没有老北京人供职。第一，飞蛾成妖，不像中国人的观念，中国有狐妖、蛇妖、蜘蛛妖、蝎子妖、恶鬼妖……却没听说过蛾子妖。第二，"幺鹅子"的主要特点是不按牌理出牌，把本应开局后就甩净的"幺"呀，"九"呀，放到终局"出"，从而在多家"听牌"的危局中放炮放"和"（读胡），这是搅局。第三，幺鹅子的特点首先在于它的不合理性、反常性、扰乱正常自然秩序与节奏性即搅局性，却不在于它本身的品质低劣。就是说，幺鹅子不幺鹅子，关键在于逻辑与时机，而不在于主意的是非判断。例如，如果在一场农民婚礼上要求新人朗诵伟人的语录，即使全是正面含义，仍然会给人以"幺鹅子"而绝非"妖蛾子"的感觉。

对此笔者多年前曾经有所表达。后来，《现代汉语词典》把"妖"改成"幺"了，从善如流，点赞！仍然不好意思改"蛾"归"鹅"，嗜。

还有一些延续更久的问题，比如作家浩然兄把"满是介"写成"满世界"，把"饶是介"写成"绕世界"，一看就知道是人为地书面化乃至西洋化了。

口语"满是介"，"满"是程度副词，"是"是代词，如"是日"，犹"这""此"。"介"则是传统戏曲脚本里表示情态动作的词，如"笑介""饮酒介"。口语的"满是介""饶是介"三个字短语，"介"读得非常轻，也可读成"价"，如"满是价""饶是价"，北京带着强语气爱说的"好介""好价""好劲"，都是一个话。也许与其说"介"是情态动词不如说更像是虚虚的语气词。同样"饶是介"的"饶"，也是讲程度，如"饶有趣味"的用法一样，必须读第二声，不是环绕、绕圈子的第四声"绕"。

过去有些地方俚语，有其说而无其写，有其语而无其字。现在随着脱盲的实现，书面作业作品大大普及化，字的选择与确认越来越多，也越来越复杂，同时错别字、杜撰字越来越多。这种情况下，更需要慎重和推敲妥善而不能简单地就和大众。

文明的连续与统一确是中华文明与文化传统的重要特色，文字正字的屡屡出新，是不符合我们的连续与统一传统的。斯大林20世纪50年代发表过《主义马克思与语言学问题》一文，强调基本词汇与基本语法的稳定性，指责将语言定性为上层建筑的"赫列斯达可夫"（果戈理《钦差大臣》中的主角骗子）式的欺骗性。前些年"树荫"一会儿变成"树阴"，一会儿回来成为"树荫"，对不起，似嫌轻率。其他如将一人一马合称"骑"，从读 jì 改成原来的误读 qí；将"荨麻疹"的"荨"的正音 qián 改成 xún，得失如何，没有任何研讨酝酿准备反映，令人不无担忧。其他这里就不一一列举了。

  中国人对文字是有所敬畏的，太史公记录仓颉造字引起了"天雨粟，鬼夜哭"，惊天动地。而我们现在的正字正音，只行使行政权力，是不是也有改进的空间呢？

  除了时间上的连续与稳定以外，似乎还有空间上的斟酌与责任担当；这方面，我们的正字正音正解，不仅对于中国，而且对于全球，都是有责任有使命的。都知道，汉字的使用与关切不限于中国大陆、港澳台，还有日本、韩国、东南亚，各大洲的华侨聚居区域唐人街，我们的语言文字调整动作与他们都有关系。许多年前，我以官方身份访问日本的时候，就有友好人士提出希望汉字正字正音能与世界汉语汉字使用人士有所通气，这个说法是有意义的。甚至于我要说一句，如果中国大陆的汉字使用与其他地区的汉字使用，拉开的距离越来越大，似乎不是我们应有的选择。

  约定俗成，是许多有关部门人员的正字依据，但仅有这个依据又不一定足够，把正音正字行政命令化？窃以为还有更长远更宽阔宏大的思路与途径供我们参考。

（原载《读书》2024 年第 4 期）

# 孩子天生懂文学

◎ 刘亮程

我与教育有着不解之缘,一些作品也有幸进入了教材。如果有机会,我愿意像一个中学生一样,坐在课堂里安静地听老师讲我的课文,讲《寒风吹彻》,讲《狗这一辈子》,讲《今生今世的证据》。不知道听完后我会不会回来修改我的作品。其实,对一部文学作品或一篇课文的解读就是对文本的重新建构和修改,像文学创作是对生活的重新创建、虚构和修改一样。

我的文章常常被选入中学语文试卷,便有学生在我的微博留言,请教试卷答题怎么做。我很难去做那些关于我的文章的答题。我写作一篇文章时,没想过它有那么多问题。语文教学与作家创作是两回事:语文教学追求准确性,对一篇课文的理解像数学题一样有标准答案,而文学创作追求的是不确定性。我希望我的每一篇文章中都有无数条路,希望所写事物在我的文字中如花盛开,希望学生对一篇课文的理解也是如花盛开的。

当年我写《一个人的村庄》时,我就像一个中学生,安静地坐在已经远去、曾经生活的村庄对面。这本书为何叫《一个人的村庄》?并不是村庄中只有一个人,而是当我写作这本书时,那段村庄岁月已经远去,但是一个人回来了,一个人面对已经被遗忘的岁月开始独自言说。这个村庄以前归它所在的地方,归时间和岁月。但当写作者开始书写时，它归于了文字。文字开始了创世，要取代那个曾经的世界，取代那里的风声，鸡鸣狗吠，取代万物生长与腐朽，取代人的生老病死和生生不息，这便是写作的发生。知道一篇文章的写作是如何发生的，对理解一篇文章至关重要。

我反复提到作家如何向自然学习，如何像风一样去讲述那片曾经被风声无数遍刮响的大地上的生活。如何向梦学习，用梦一般的语言去呈现那些已经变成虚无的真实生活。作家可能都经受过梦的教育，在那些我们还不知道做事，只会做梦的幼年，我们一遍遍地在黑暗的梦中学会了文学表达。

我在《一个人的村庄》中写到的那个孩子，在所有人都沉睡时他独自醒来，在月光中穿过村巷，爬到每户人家的窗口去倾听。听什么？听人们做梦，听人们说梦话。我一直想写出梦一般的语言。每一场梦都是黑暗的，梦中发生了无数的故事，但只有一两句话艰难地从梦中传出来。最精妙的文学语言应该是梦话。无数的语言在梦中丢失，只有个别的几句话活下来、喊出来，被梦外的我们听到。或许这就是文学。从无数的话语中活出一句话，在无数的故事里活出一个故事。

我试图用文字去书写那个梦与醒连接在一起的辽阔现实。在人类的幼年，梦与醒是连接在一起的，所有夜晚的梦都可以活到白天，白天的现实也可以再度入梦。那时候，人类过着梦与醒连为一体的生活。在我们的幼年，都有一段分不清梦与醒的短暂时光。那个时光是属于文学的。所以，真的不需要给孩子讲文学是什么，他们天生懂文学。

我上过两年小学，三年初中，后来上了三年中专，便工作了。我在学校受教育的时间不多。对于我，更多的是在自然中，在家人、村民和村庄中受教育。我熟知土地上的一切，而对土地的熟知是课堂上无法获得的。我上学晚，中间又有辍学耽误，语文学习滞后，尤其小学没上够，许多字词是我后来学习的。现在的学生一开始学了很多词语，而我的教育正好相反。记得我10岁左右学到"痛苦"这个词，那时我父亲不在已经有两年。我痛苦的时候，不认识"痛苦"这个词，我没有学到它。后来遇到这个词的时候，突然发现幼年丧父之感被一个词所承载。它早已存在，在那里等候，我痛苦过后才迟迟与它相遇。写作的过程就是后知后觉地跟一个又一个注定会饱含你人生苦难、喜悦的词语去相遇。

现在的教育过早地把很多的词语教给了学生，这些词语在孩子心中是空的。他们需要用很长时间去经历词语所包含的内容。我是经历了人生的百般感受之后，突然跟一个一个词相遇了。所有词语不论早学晚学，都需要我们与词语所包含的内容去相遇，否则不会真正懂得一个词。一个人的生命穿过那些词语、句子、段落，穿过故事、情节、情感，最后成就了文章。

从一部小说中我们可以读到一代人甚至几代人的成长，他们的情感、命运穿插其中，而一句金句只是说了一个小小的道理，只是一个漂亮的装饰，无法深入我们的内心。就像读《红楼梦》，当你读完时其实穿过了一个时代，那些千奇百怪的人物，各种各样的器皿，以及书中所呈现的诗词，这种收获只有阅读才能获得。碎片化的阅读永远不可能有这种收获。

感谢各位语文老师对我的作品的真诚解读。希望我们与更多的文字相遇,希望《中国教师报》的读者读起来,把这种感受传递给更多孩子。

(原载《中国教师报》2024年8月23日)

# 每个孩子都是独一无二的

◎ 魏 晞

从很多方面看,小谢尔顿就是父母眼中不按常理出牌的孩子:智商187,小小年纪就能帮父母报税;强迫症,看电视只坐沙发固定座位,任何人也不能抢;生活无法自理,每天排便要按严格的时间表执行,只吃固定几样菜。

抚养这样一个天才儿童是不容易的,尤其对一个经济不太富裕、父母学历有限的家庭来说,家长无法为他的学术生涯提供太多建设性意见。美剧《小谢尔顿》就在这样的背景下展开,记录了天才儿童9—14岁的生活。最近,最终季已经播放完毕。

至于这位天才儿童长大后什么样,许多剧迷早就知道了,他就是《生活大爆炸》里那位自诩"天下第一聪明"的谢耳朵——上帝为他打开了物理学的大门,又关上了人情世故的窗户,他的成长注定孤独。

完全可以把这个系列剧当成家庭教育片去看,观察20世纪八九十年代,一个普通家庭是如何对待天才儿童的:父亲是一位啤酒不离身的高中橄榄球教练,但谢尔顿几乎手无缚鸡之力,厌恶酒精,父子接受彼此的不同;母亲在教堂做兼职,谢尔顿担心他不信宗教,母亲会生气,母亲的回答是,"我永远不会生你的气,你尽情去探索自己的真理"。

他们的智商远不如谢尔顿，但是倾尽所能让孩子的天赋有发挥的空间。比如，谢尔顿做科学小实验，把结果寄给NASA（美国国家航空航天局），却没得到回信，很沮丧，父亲带着他开车5小时去找科学家，让孩子当面和科学家阐述自己的实验结果。

最让我感慨的是，父母并不是一味听从、满足孩子的需求，而是有限度地支持谢尔顿。当谢尔顿提出"过分"的想法，父母会果断拒绝——这个世界并不会因为任何人聪明，就会围着那个人转。

我时常在新闻报道里看到许多神童的童年：因为高智商在学校、家庭里获得过多优待，所有长辈的生活都围着神童一个人转，忽视和放任了他的缺点，当小神童还不了解世界运行规则时，就被捧着上了神坛。这样的爱是"过度"的。

《伤仲永》讲的是神童之父不允许神童读书，反而把神童当成"摇钱树"的故事，批评家长不重视后天教育。如今许多家长又变成仲永之父的反面，把后天教育看得太重，又急功近利。面对孩子，家长要么过度满足需求，要么从不满足需求。

天才理应生长在自由探索、不受拘束的环境，儿童在原生家庭里学会的，是如何成为温暖的、能感知爱与被爱的人。当别人对谢尔顿抱有太多期待，母亲会反驳，他其实就是个小孩。

即便智商高、学习好，神童本质也是小孩。一个天才儿童是不需要通过越级读书来自证的，不必废寝忘食，也不必时时刻刻聪明。神童也有犯糊涂的时候，在一些时刻，谢尔顿固执得像一头牛。但在家人的守护下，谢尔顿慢慢学会了守护家人，学会给予爱，学会去交朋友，尽量合群。

把握住那个度很重要。父母的角色是照顾、支持、尊重，超出这个范畴去干预孩子的人生，那就是控制、占有。还有人把自己的中年焦虑转嫁给孩子，要求孩子按照自己的设想去赢得世俗意义的认可。

过分要求孩子听话的父母未免自以为是，误以为可以以一己之力为孩子掌舵一生，当他们的"乖乖仔""乖乖女"长大后，没有自己的喜好、意见、个性，不会作选择，从童年讨好父母过渡到讨好其他人。

每个孩子都有自己擅长的领域，高智商并不是唯一值得赞美的优点。谢尔顿的哥哥不爱读书，和相差数岁的天才弟弟一起上高中，朋友问起时，哥哥会自豪地说，"我其他方面比他强"——他动手能力强、会销售、会修车、善交际。

他的双胞胎妹妹，曾经幻想过谢尔顿从镇上消失，以后别人就不会叫她"天才的傻妹妹"，但妹妹突破了当时的性别困境，成为学校里唯一的女棒球手。她还是个情商大师，善于观察人际关系，往往能在谢尔顿困于社交人情时，一语点破。

一些功利的家庭教育，往往只看到与学习有关的聪明，只有学习好才能成为被别人仰望的"别人家的孩子"，而忽视其他优点。不要把孩子拧成千篇一律的"螺丝钉"，尽量在童年时留住他们的天真和独特。每个孩子都是独一无二的。

（原载《中国青年报》2024年7月10日）

# 给社会弱者以尊严

◎ 沈 栖

任何社会制度的国度，都不同程度地存在着一种社会弱势的群体。他们由于社会及个人的原因在社会竞争中处于不利地位，缺乏获取社会资源的机会和境遇，其物质生活相对窘迫，心理承受能力相对脆弱，亟须借助外在力量（如国家和社会的力量）予以支持。作为社会边缘人，弱者如路乞儿、拾荒者、智障者以及低收入的孤寡老人等，尽管生活潦倒、命途多舛，但诚如简·爱所说："我贫穷、卑微、不美丽，但站在上帝面前时，我们是平等的。"其实，这种人格的平等不只是"站在上帝面前时"，给社会弱者以尊严也是现代文明的徽识。

法国学者勒努瓦（H.Lenoir）鉴于20世纪70年代后新自由放任经济成为主流而国家调控角色日益减弱，贫富差距加大，社会边缘人不仅贫穷不堪，而且被驱出了经济、教育、政治及文化的所有体制外。于是，他在1974年创立了"社会摒弃"的概念，其要旨就是要全社会尊重社会弱者。"让生活更美好"的城市亟须摒弃"社会摒弃"！

在人际交往上，尊重是基石，尤其蕴含着对社会弱者的尊重。它考量着公民的良知，也丈量着社会的文明。我在一部法国影片中看到了这么一个镜头：一个孩子随父亲上街，看到一个乞丐席地而坐，身前放着一个小盆。孩子随手掏出一元硬币扔了过去。他本以为父亲会表扬他的善举，没承想被父亲批评了一顿，原因是他面对乞丐，直着腰，把硬币扔在了盆外，这是蔑视对方："他虽然贫穷，但也需要尊重。"2012年，第30届夏季奥运会在英国伦敦举办。伦敦市长鲍里斯·约翰逊在记者招待会上说：伦敦奥运会沙滩排球馆原拟建在皮卡迪利广场，后发现，倘若建在那里，将要拆除一些帐篷，会影响到那里夜晚休息的流浪人员。权衡利弊，市政府决定将它建在首相办公府邸所在地——皇家骑兵队阅兵场。比赛结束，场馆予以拆除。这一举措广受赞誉，因为它委实是给了社会弱者以必要的尊严。

智障者或思维低下，或举止怪异，或言辞混乱，有些人会对其本能地乜斜，不经意鄙视，甚或讽刺嘲弄，这是对弱者极不尊重的行为。倘不能伸出友善之手帮扶或救济，不看、不取笑也是一种尊重。有一次，电影拍摄间隙，导演冯小刚带着剧组成员外出游玩。玩累后，大家围坐在露天茶室喝咖啡。恰巧迎面走来一位残疾姑娘，一条腿和一只胳膊向外翻转，行走怪诞，大家边看边窃笑。见此，冯导故意大声说："大家请注意一下，我有件重要的事要说。"这让众人的目光都收了回来。等那位姑娘走远了，冯导说："好了，没事了，大家继续喝咖啡吧！"众人愕然，冯导解释："我只是不想让大家的目光都聚集到刚才那位姑娘身上。人家本来有缺陷，你们都盯着她看，还嘲笑她，多不尊重呀，人家肯定也会难堪的。"云淡风轻的几句话让众人羞愧地低下了头。

自不待言，弱者都渴望能得到一些帮扶和救济，但他们更渴望有尊严地活着。因此，无论是社会慈善还是私人施舍都得给弱者留有自尊心的空间，保护其隐私乃是尊重弱者的要义之一。行善也得让社会弱者有尊严地接受帮助。德国不少社区在街头都设有"赠物室"，摆放着市民不再需要但又完好无损的旧物，衣架上挂着干净的衣帽，衣架下放置运动鞋、皮鞋，柜台上有书籍、光盘、碗碟等。"赠物室"只对乞丐、拾荒者等无业游民开放，规定他们取物时只需写上物件名称、件数和规格，同时规定不必注明自己的住宅和姓名。如此不会伤及弱者的自尊心，足见其尊重弱者的诚意。

以色列哲学家马格利特在《正派社会》一书中认为："正派社会的第一原则不是做什么，而是不做什么，不让社会制度羞辱任何一人，这是正派社会的第一原则。……长期的羞辱确实会使许多人不把羞辱再当作严重伤害，一个社会这样的人多了，就很难说是一个正派的社会。社会整体羞耻感麻木了，遭受羞辱也就没有人会在意。如果一个人长期生活在羞辱人的制度下，将会失去人性价值的把持。"不让社会里任何一个人受到羞辱，这是道义的基本表现。马氏论述"正派社会"，全面重视物质和心理这两方面的伤害，不仅有助于救济社会弱者，而且更有助于形成一种与文明社会相称的社会伦理规范。丹麦首都哥本哈根的"30厘米尊严"充分印证了这一点。公务员克里斯常在路边看到一些拾荒的老者因为垃圾箱高了些，总是踮着脚扒物。于是，他写了一份提案交给主管城市规划的部门。提案说："为了帮助生活在这座城市底层的人们，政府采取了很多措施，比如发放生活必需品，提供最基本的生活保障金，但我认为，搞福利不应该仅仅是表面的救助行动，更应该让一些愿意自食其力的人得到应有的尊严。我考察了一下,在哥本哈根几条主要街道上的垃圾箱有1.5米高,我建议把所有垃圾箱的高度都降低30厘米,这样拾荒者就不会再灰头土脸了。"一个月后,降低30厘米的垃圾箱普遍出现在这个城市街头。

在我看来,一旦社会弱者普遍受到尊重,那么,现代文明自会蔚为大观,爱因斯坦所追求的政治理想的愿景在即:"让每一个人都作为个人而受到尊重,而不让任何人成为崇拜的偶像。"

(原载《杂文月刊》2024年第8期)

# 从炫富到炫雅

◎ 顾　农

凡是值钱、时髦、难得的东西，总会有人拿出来炫耀。此事古已有之，例如西晋的首富石崇靠非法手段致富，然后就大肆炫耀，《世说新语·汰侈》载：一位皇亲国戚同他赛宝斗富，只一个回合就败下阵去。他家的厕所极其高档，其中"置甲煎粉、沉香汁之属，无不毕备"，还特意安排"十余婢侍列，皆丽服藻饰"，吓得客人不敢在此出恭。用这种五星级厕所来炫富，很见创意，而缺点在于失去了原来应有的功能。

最近几十年来，炫富的道具大抵是比较便于携带而贵重的高科技产品。例如三十多年前，那时老式的手机被称为"大哥大"，像一块长方形的黑砖头，偶见有阔人专门在人多的地方从皮包里郑重其事地请出来，很高调地通话。更早些时候，又有人拎着更大得多的磁带录音机，高声放着音乐一路拎过去，让行人非跟着洗耳恭听不可。

物以稀为贵，凡是贵重的东西都可能成为炫耀的符号，而能有炫耀资格的人总是相当有钱，所以无论所炫耀者为厕所还是"大哥大"，其实都是炫富。

已经普及的东西则无可炫耀。手机现在几乎人手一只，自然也就无人借此炫富，除非它的外壳是纯黄金的。听我一位朋友说，现在大城市有乞丐挂出二维码接受施舍。乞丐是缺钱的人，他还炫什么时髦？我得到的回答是：现在大家都用手机支付，仍用现金的大抵是老年人，而老人们没有多少钱，又大抵比较吝啬，乞丐不能指望他们，于是只好启用二维码，此乃不得已的与时俱进之举，没有炫耀的意思。

不过如今炫富意思不大，更时髦的是炫雅。凡是腾达未久的俗物，最怕的是人家还是认为他俗，于是要千方百计地想办法让大家知道他其实很高雅：琴棋书画，一概爱好，诗词歌赋，也全都内行。其中最为简便易行的，是忽然摇身一变，成为书法家，甚至高悬润格卖他的字——据说还真有买的。

现在报刊上时常可以见到书法作品，高明的以及也还看得过去的固然也有，也有些墨宝则实在不敢恭维，笔画未稳，结体诡诞，甚至近于鬼画符，看了令人哭笑两难。

诸如此类的炫雅之风，其实也是古已有之，"附庸风雅"一词，即由此而起。鲁迅在随笔中举过一个例子，说他曾经认识一位土财主，花大价钱买了一个土花斑驳的古鼎，据说是周朝的，他叫来铜匠把鼎上的土花和铜绿擦得一干二净，"这才摆在客厅里，闪闪的发着铜光"，"这样的擦得精光的古铜器，我一生中还没有见过第二个"。（《且介亭杂文二集·"题未定"草（七）》）如果鲁迅看到现在的某些书法大作，恐怕也不免会大为惊诧吧。

（原载《文汇报》2023年11月13日）

# 谁天生愿意挨打？

◎ 红　孩

这个标题是我从余华的某期视频上偷来的。余华说，小的时候他挨过父亲的打，挨打的原因是他和别人家的孩子不一样。我相信，很多人都有过从小挨父母打的经历。我也相信，所有挨打的人，没有一个天生就愿意挨打的。道理很简单，挨打是被动的被暴力，不仅皮肉受疼，心理还要受到伤害。儿时，每当听说某个孩子的后爹或后妈打了孩子，我就陡然生发对打人者的憎恨。

我所以写这个话题，就是联想到我们当下的文艺批评。文艺批评、文艺评论、文艺理论、文艺欣赏都是文艺创作不可或缺的一部分。如果一部作品创作完成了，只放在抽屉里，没事拿出来自我阅读，肯定不会招惹什么是非。但问题是，你创作的作品不示人，引不起别人的关注与共鸣，又有什么意义呢？所以，不论古人还是今人，不论人们采取什么传播手段，总是要千方百计把作品呈现给读者的。书法、绘画、影视、戏剧、音乐、舞蹈、建筑等莫不如此。尤其在艺术市场化的今天，人们更加注重艺术的传播与推广，传统媒体与新媒体融合，这使得作家、艺术家纷纷走上媒体平台，大有小贩串街走巷、张飞赤膊上阵之势。既然作品要发表出版展示，就要接受受众评判。这很像大姑娘过门，不可能回避亲戚街坊的品头论足。在民间，总有一些好事者，专爱打听事儿，什么张家长李家短，到处传老婆舌头。还有一些人，总爱把自己放在道德的制高点，对别人进行道德是非评判，包括对单位、社区、国家、世界，以及老子、孔子、庄子、希特勒、萨达姆、老布什、小布什，还有世界杯、欧洲杯、亚洲杯、国足、国乒，等等。以前，我觉得这些人很世俗很招人讨厌，随着年龄的增长，对这些人这些事看惯了，便觉得不足为奇，相反，倒觉得世界就应该这样。你想啊，假如人们都正襟危坐，道貌岸然，假正经、装正统、装斯文、玩深沉，你觉得那还是人过的日子吗？九十年代初，我刚到京城工作，每天上下班必经过前门大街。那时，前门的景象十分热闹，到处都是商场，到处都是摊位，到处都是饭馆，渴了花二分钱就可以喝一杯大碗茶。后来，前门进行改造，一切都焕然一新了，好看归好看，却没了人气。

文坛也是如此。现在的报刊不少，装帧设计、印刷纸张都十分考究，而且页码越来越厚，过去的大刊只有五六本，说大也就200页上下，更多的则是64页的16开本，看着非常舒服。现在，至少五六十本都是大刊，印数却少得可怜。除了几本名刊外，大多数刊物只靠赠送，如果财政不支持，连赠送都是问题。据邮政报刊局的知情者讲，很多文学刊物邮局订数都不到100本，有的甚至只有几本。听到这个消息，我开始感到十分吃惊，要知道，在八十年代，随便一本刊物，发行量都在一二十万，更多的都在三五十万以上，有的甚至达到百万。在那个年代，文坛出现了不同程度的轰动效应，几乎每年每月都有重要的作品问世，主要是中短篇小说、报告文学和诗歌，那个时期的散文几乎被人忽略不计。我那时还是个郊区文学青年，对真正的文坛未曾知其然，更无法知其所以然。对于文艺批评、文艺评论,还不知道是怎么回事。偶尔从报纸电台上得知某某作品出事了,某某作家被批评了,至于为什么出事,遭到怎样的批评,真就是一头雾水。

我最早开始写文学评论,是从写读后感开始的。第一篇文学评论,是为女作家胡健的长篇小说《恋神》写的。之后,是为诗人王恩宇的诗集《月光吻着窗纱》。1994年初,当时正担任解放军总后政治部文学创作室主任的王宗仁老师对我说,你的很多文学思想很适合写评论,你不妨给我们1993年第6期的《后勤文艺》写个综合评论。我听后觉得有些吃惊,这可是篇大文章,以前我从来没敢往这方面想。王老师说,你不用多想,也不管字数多少,只要把你想表达的说出来即可。有了王老师的信任与鼓励,我以初生牛犊不怕虎的精神,在一个月后把文章完成。也因为这篇文章,使我真正融入总后文学创作队伍里。至今,很多朋友都认为我是军旅出身。

我写文艺批评文章,与我的工作环境有关。我和朋友们在一起,常自诩是"国家队",即我工作的几个单位都是"中国"字头,它们分别隶属中国文联、文化部和中国作协。人在大单位供职,便以为站位就高,水平就高,就可以对行业专业上的事指手画脚。我知道这是一种盲目自信。在对事物的认识上,当大官的戴博士帽的不一定比一个老农更聪明。最初,我写文艺时评,写文学批评,很多前辈作家、艺术家看不惯,说你这个孩子写文章口气挺大的。言外之意,你才三十多岁,能有多少经历,看过多少书,就敢对文学艺术现象说三道四。有一次,某位艺术家请我看她的演出,看完后我写了一篇文章,并没有像常人所写的那种对她及那部剧高度赞扬，而是选了一个小角度，对一些文艺现象进行了批评，使得那位艺术家大为光火。她说，我请你来看戏，是让你以我为中心写文章的，你可倒好，利用我这部戏宣扬了你的观点。我说，我手写我心，这难道有什么不对的吗？我的话，把她气得直接摔了电话。好在，几个月后她又看到了我其他几篇文章，对我有了一定的了解，便主动打电话与我和解。当然，后面的日子，我们为文字、观点也经常争执，但个人感情却越来越好。如今，这位艺术家已去世几年了，我十分怀念她。

相对于文艺批评，我更倾向于文艺争鸣。批评，多见于一边倒，即某人对某个作家、艺术家的作品进行品评，发表尖刻或否定性声音。而争鸣则是对于某个作家、艺术家的作品进行多人不同观点的表述，甚至是双方观点的直接论争。我很喜欢"百花齐放，百家争鸣"，不喜欢一言堂，也不喜欢街上牛二恶意伤人。2000年前后，我受出版社之邀，编过几年"争鸣小说年选"。那时，我也参与了《作品与争鸣》杂志的部分组稿工作：其实就是看到一篇有意思的小说，找两个人扮演正反双方发表不同评论，以此冒充争鸣。虽然这种形式有点故弄玄虚，但总比其他报刊上一律的胡乱吹捧要好些。事实上，近三十年，人们已经基本看不到对中短篇小说的争鸣了。几个大牌作家倒是有争议，但争议的没有一篇是中短篇。既然人们不再争鸣争议，我的"争鸣年选"也就无法继续"装神弄鬼"了。

想来，人们为什么不愿争鸣争议了呢？原因至少有五六条，其中重要的一条是文学已经变成了圈子里的文学。不论是创作者还是批评者，大家的圈子越来越窄，如果你今天批评了某人，那明天你们还见面不见面？更何况有相当多的写作者，本身就在体制内的官位上，或在报刊出版单位握有这样那样的权力，你得罪得起吗？况且，没有哪个人天生就软弱可欺，天生就愿意挨打。若像阿Q那样，老子打了儿子，儿子自然敢怒不敢言；倘隔壁老王家的二小子打了你，你能不还手吗？诚然，街头混混打架和文艺批评终究不是一回事，文艺批评者似乎有着先天的豁免权。可事实是，挨打的终究是不舒服的，打人者也未必能爽到哪里去。既然如此，咱们就都息事宁人吧。一笑。

（原载《文学自由谈》2024年第3期）

# 倍速时代的书信

◎ 狄 青

不久前收到一位长者来信,信的内容不长,但纸短情长,读之感觉迥异于微信短信,于是收藏。

其实,书信写作在我国已有数千年历史,其重要性不言而喻。古代的很多书信本身就是一篇篇优秀的文学作品。比如司马迁的《报任少卿书》、曹植的《与杨德祖书》、嵇康的《与山巨源绝交书》等。至今,书信都是我们研究古人作品和历史的重要依据。

读翻译家朱生豪先生的情书,真是写得好;王小波的情书也写得好。鲁迅先生的情书同样写得好。我们看《两地书》,你会看到横眉冷对千夫指之外的另一个鲁迅,他曾于四个月内写给许广平80封情书,差不多平均每36个小时写一封。还有沈从文,他回湘西老家探望母亲,走水路要一个星期,天天给张兆和写信,一天写五六封,只要船靠岸打尖,就将信投进信筒。

写信在今天看来,何其慢哉!但在彼时,那是处于不同地域的人们交流感情的最好方式。

如今视频可倍速播放,但生活却不可以。我们貌似越来越没有可能去写一封信了,但却可以花大把时间刷屏追剧。有人之所以怀念书信时代,怀念字斟句酌写出来的信件,怀念邮差,不仅是简单怀旧,也蕴含了满满的情怀,同时也是对当下倍速时代的反思。在离我们并不久远的那个书信时代，不仅是文人，但凡有点文采的朋友间、恋人间或许还要弄个藏头诗，鸿雁往来实际上也是我们生命中的一种趣味。而这种趣味就是需要时间来加持的。

我觉得我们对于当下的倍速时代还处于某种适应、调整和重新认知中，有些事物会被时代所湮没，但有些东西，比如书信，我相信它会被传承下去，只是以何种方式接续，尚不明晰。

记得多年前，我途经内蒙古阿拉善盟的额济纳旗，在不大的额济纳旗文博馆内，看到了一张翻拍的古代汉简照片。这是一封出土于居延海附近的距今两千多年的情书，同时也是目前所发现的几万枚居延汉简中唯一的一枚"情书"。上面写道："谨奉以琅玕一，致问春君，幸毋相忘。"只有14个字，"春君"系一女性名字，而琅玕则是秦汉时一种用青玉雕琢而成的腰饰。简上只有称呼，没有落款，系知名不具，男人在送给妻子或恋人礼物的同时，还叮嘱她不要忘了在大漠戍边的自己。这是一封没有寄出的情书，当时我便想，这14个字的情书胜过了多少卷帙浩繁的史书啊！这或许就是我相信无论什么时代，家书也不会消亡的理由。

喜欢古人的信笺，那种毛笔写成的小楷，一笔一画，一撇一捺，像极了生活的细水长流。当下社会高速发展，其中一个显著特点，就是越来越专业的社会化分工。书信可能小众，但总会有属于它的空间和受众。事实上从古至今，好的书信都是由写信人与收信人共同完成的，因而写和读必须是慢的，是需要耐心的，耐心就是耐得住时间的"慢"。所以，优美的书信在古今中外常被定义为超越于日常生活之上的更纯粹、更本质、更高级的一种文学抒写。

前一时，被邀请做某一书信写作大赛的评委，集中拜读了上百封书信，有不小感触。尽管什么才配称得上是一封好的书信，我也难说其详，但把一封信写成"表扬信"抑或"人物通讯"肯定是不合适的，书信不该是被用来凸显和讴歌某某人"高大上"形象的；书信也不适用"诗歌体"，甚至加入小说中才会有的情节、对话，我不认为这些是对书信文体的"创新"。大赛中有些书信出现类似现象的原因，可能是我们已经荒疏这一文体太久了。

还记得岩井俊二的电影《情书》吧。写信无疑是一件浪漫的事，而等待就是这一书信之旅中的循环的浪漫密码。尤其对于恋爱中的男女而言，于浪漫之外还带有某种强烈的仪式感——从信封和邮票的选择，到信笺与用笔的斟酌，皆煞费苦心。而且，每每刚投进邮筒，就开始惦念，计算着一个循环的周期，幻想中有美好也有忐忑。感情亦随着书信之往来逐渐升温。惦记多了，距离就近了，就连邮差和收发室也因对书信的渴望而变得越发亲切。

当然，怀念书信的不只有恋人，还有亲人，还有朋友。我年少时，还有大量因书信而结缘的笔友。

在当下这样一个倍速时代，即使在世界范围内，书信也已淡出人们主流生活久矣。书信虽然不再"主流"，但它必会按照自己的节奏，细水长流。

（原载《今晚报》2024年5月25日）

# 年轻读者"举起"了史铁生

◎ 韩浩月

《2024抖音读书生态数据报告》显示,越来越多的年轻人通过抖音品读史铁生,他的作品《我与地坛》成为抖音最受欢迎的经典,史铁生亦成抖音最受欢迎的作家,"〇〇后"最爱看相关内容。

看到这个消息后,史铁生的好朋友余华应是极高兴的。对于史铁生的人与文字,余华一直都持喜爱与尊重的态度。2010年史铁生因病去世,十多年来,他以作品的形式继续参与读者的精神生活,而包括余华在内的他的诸多朋友对他的怀念与讲述,使得他好像没有离去,随时还可以被放在足球场上,帮他的作家队友们守球门。

即便没有余华的频繁"助攻",史铁生也不可能被人遗忘,他的图书近年来销售趋势一路走高。但因为近年来备受年轻人喜爱的"潦草小狗"余华的反复讲述,生活中那个乐观、友善、强大的史铁生才得以走进更多年轻读者的内心。年轻人为什么会喜欢史铁生?他与余华一样,都写过疼痛入心入骨的作品,却能够超越苦难;都珍视友情,把友情当作抵抗岁月的良药;都有着通透的处世智慧,年轻人可以从他们那里得到启发……

去年10月"中原迷笛音乐节"上,一群乐迷在雨中举起了双腿不便的少年和他的轮椅,那张图片迅速被命名为"一群余华举起了史铁生"。这个瞬间,是史铁生的一次"再生",也是年轻人"大面积"拥抱史铁生的标志性时刻。"一群余华举起了史铁生"这个梗的爆红,是因为年轻人通过这句话,找到了自己的理想、定位与追求,他们想活得像余华那样潇洒且重情重义,想证实自己有把朋友举到肩头的能力,他们渴望在雨中、在泥水中能爆发出自己的青春与力量。至今看来,"一群余华举起了史铁生"这样的表述,仍具有激动人心的作用。

时隔半年之后,年轻人又以另外一种形式举起了史铁生。这次他们是以发表、浏览、点赞的形式,把史铁生推到了一项平台数据的顶端。史铁生出生于20世纪50年代,与"〇〇后"差着几代辈分,这种"隔代亲"的现象只出现在少数已故作家的身上。既阅读其作品,又分享其故事,且追随其精神,对于史铁生来说,这是"偶像作家"的待遇。对于年轻人来说,从史铁生这样的作家那里获取共鸣与能量,也可以帮助他们抵御压力、摆脱困惑,拥有不服输的向上精神。由此可见,年轻人会主动寻找他们心目中的英雄,前提是,这样的英雄得真实存在,或坚定地存在过,他们才会将其视为榜样。

在史铁生的作品序列中,《我与地坛》的地位很高,是他个人著作中被承认最多的经典之作。这篇长篇抒情散文充满细致观察与深沉思考,用优美的语言把浪漫、思念、忧郁、沉重等,非常妥帖地送到读者眼中与心里。史铁生所写的地坛仿佛他的整个世界,年轻读者读完之后,或许也会去寻找或创造一个属于自己的"地坛",在那里静观世界、休憩心灵。《我与地坛》能在当下令无数年轻的心灵悸动,在于它提供了视角、思想、答案,可以被读者琢磨、学习、复制。

除了《我与地坛》,史铁生还有《病隙碎笔》《命若琴弦》《务虚笔记》等代表作。有些读者读史铁生早期的作品,会感觉字里行间有一定的消极情绪,文坛也曾对史铁生是否迷恋描写生命的"阴暗面"有过争论。其实完整地阅读史铁生后,可以清晰地看到他的内心地图,看到他是如何走出灰暗、沮丧,让自己对生活拥有饱满丰沛的热情的。今天的年轻人有过史铁生式的失落与不安吗?如果有的话,他们是否能够借助史铁生的经验走出情绪的沼泽?这些都有待进一步观察和了解。显然,年轻人与史铁生的缘分才刚刚开始,他们还有很长的时间可以用于隔空交流。

史铁生是中国作家中少数坚持写实写作的人,他的文本几乎全部建立在自己的生活经历、生存体验之上,而他对哲学的思考带来了精神空间的高度开阔。现实生活中史铁生有着疲累的肉身,而在写作时他拥有了自由行走的能力,他和近乎失明的博尔赫斯一样,都拥有属于自己的一个世界。在他们的作品里,都能读到诸多静止的、无限的主观感受,这给读者提供了更好走近他们的理由。阅读史铁生,会让年轻人对虚幻与现实产生更好的分辨能力。如果年轻人能更好地处理现实问题,那么,他们亦能拥有一个哪怕是虚构的但也能提供安慰的梦想之地。

在短视频时代流行起来的史铁生,有说法是他"再度翻红",这一看起来有点不可思议的现象,确实发生了。年轻人喜欢上经典阅读,有时候会停留于表象,会维持于短暂性,而像"史铁生热"这样让人看到可持续阅读价值的例子,则显示了深阅读的一种可能性。史铁生作品的"翻红",也提醒众多写作者,要注重刻画内心与时代,与当下和未来的读者建立文字与思想层面的"血肉联系",只有这样,才有可能为笔下的作品注入经典性。这也决定了一位作家在漫长的时间长河里,会不会被持续惦念与消费。

(原载《解放日报》2024年5月9日)

# 丢掉"拐杖"

◎ 伍　柳

我见过一些学生，他们本来有着正常的学习能力，只要上课认真听讲，按时完成作业，学业就能正常进行，可是他们或自动或被家长和环境所裹挟着，非要参加各类校外补习班。

补习、提高虽然有着各种貌似合理的借口，对一些学生来说，也似乎是必要的，但出现一窝蜂的补课现象时，部分学生就会在所谓的补习和提高中迷失自己——这使他们放弃了自身的能力和努力，而完全依赖于课外辅导老师。打个或许不形象的比方：一个人脚受伤了，我们给他一个拐杖，为的是给他提供帮助，经过治疗和锻炼，最终丢开拐杖。而如果我们把拐杖交给一个肢体正常的人，让他放弃自己的脚力，依靠拐杖行走。时间长了，他很可能就失去独自行走的能力。这就把一个健康人真的变成了残疾人。

现在，有些孩子就面临着这种严酷的现实，一旦脱离了补习班，他们就无所适从，魂不守舍。我有时也会反思我们那一代人当年的学习。在20世纪70年代末，那时没有任何补习班、提高班、一对一辅导等。与今相比，我们的学习条件真的很差，虽然偶有自己解决不了的问题会向老师讨教，但更多的时候是在独立思考、钻研，甚至冥思苦想。有时，我也会假设，假设当初有补习班、提高班、一对一辅导等,我们又会怎样?让我担心的是,一旦产生了依赖心理,我们的独立思考能力、独立学习的意识,是否会因此弱化。

其实,问题的关键还不在要不要辅导,而是如何认识和把握好辅导的度。对有些同学来说,辅导是必要的,但辅导的最终目的是激活和提升学生自主学习能力。就像前面说的,给你一个拐杖的最终目的是要你丢掉这个拐杖。

我和很多同学,都是依靠课堂学习和课下自己的努力,最终顺利考上了大学,并在大学和后来的工作中,始终保持了独立思考、充分发挥主观能动性的好习惯。可以说,我们不仅学业有成,工作也是成绩卓著。如果大家当初也架上一副副"拐杖",并产生依赖,不见得有后来的成绩。所以,对大多数孩子来说,正确的选择,就是丢开课外辅导的"拐杖",自己主动学习和思考。

(原载《今晚报》2024年5月9日)

# 由糖葫芦想到凯恩斯消费主义

◎ 李文进

从经济学意义上来说,凯恩斯主义就是消费主义,刺激消费是各国政府在经济衰退期间激活市场的一把钥匙。

在20世纪30年代期间,凯恩斯甚至提议让政府把钱埋在地下,再雇用工人把钱挖出来,这一埋一挖,就能刺激消费,带动产业发展。这种看似激进的观点旨在表明一个道理——人们只要出去消费,市场经济就会回升。就算是购买一串糖葫芦,吃一顿美食,甚或买一件没有实用价值的工艺品,人们只要自信地消费,就一定能创造繁荣。凯恩斯认为,消费者支出就是经济的主要驱动力,因此,鼓励民众踊跃消费,甚至铺张浪费,而不是相反。刺激内需,解决总需求不足的问题是政府主要的经济刺激措施。从这个角度来看,消费行为是拉动经济增长的积极做法。

由于有过这样的亲身经历,笔者对于凯恩斯主义颇为认同。在市场扮演卖家的角色时,我多么希望走过路过的人购买我的货品,哪怕他买回去是一种浪费;同样,当我扮演买家看到路边"糖葫芦人"在寒风中的那种期待的目光时,我就希望自己能成为他的客户,买一串糖葫芦。我消费后得到的是甜蜜蜜的滋味,他得到的也许只是几块钱,但如果持与我同样想法的人多一点,他也许就积少成多,能够养家糊口。有这样的想法,并非有多高尚。

同在市场谋生，我最讨厌的是，想尽办法把别人的钱变成自己的钱，在我看来那是一种不道德的商业行为。美国大富豪洛克菲勒说得好："没有什么比一个为了钱而把所有精力和时间都花在赚钱上的人更卑鄙和可悲的了。"

当你发现市场失灵后，索取无力，你会停下来思考一下吗？一个人在社会上扮演的角色实际上是多重的，任何人都应该相信，一个有着完全行为能力的人在社会上并非孤立的，而是有责任感的人。即每个人既是买家，又是卖家，甚至每个人在某种意义上又是可交易的商品。因为消费文化就因人们彼此交易中的相互联系而形成。如果同意上述观点，你就应该思考，为什么市场会失灵？何谓萧条？为什么人们就业难，失业率越来越高？当人们对经济失去信心时，就会持币消极观望，工厂也会减少产能，减少产能就要裁员。如果人们都积极消费，市场就不会失灵。当你积极消费了，你会发现你很开心，随后你更会觉得市场中的付出和回报几乎是对等的。笔者经常有这样的经验，即我消费了，同时我又销售了。更直白地说，富人不是靠节约致富的，花钱并不使人贫穷（但在花费中要量力而行），货币保持流通，市场才活跃。而相反的例子则走向恶性循环，好比穷人总是握紧自己瘪瘪的钱袋子，结果发现自己越来越穷。新自由主义学派经济学家或许会说，"穷人是因懒惰而穷"。并非如此简单，当务之急在于建立良性的消费文化。

消费文化还关联着慈善文化。如果你明白施与受的辩证关系，你就会活得开心一点。因为，当你身为卖家时站在买家立场上看问题，你会将心比心——如果我不买别人的商品，又有何资格奢望别人购买自己的商品？如果你不去施舍，别人又怎么会施与自己呢？当然，很多人随即会反击道："我现在没有任何需求（除了一日三餐），你让我买什么？我还等着被人救济，我怎么会有钱救济别人？"你大可对他说："难道你没有精神需求吗？难道你不喜欢逛街？出门走走，有很多好玩的，还有很多美食等着你去品尝。至于救济，有时候对于处于危难中的朋友，你付出时间去探访，说几句安慰的话也可。如果你认同时间即金钱，那么你可以把它施舍给更需要的人。"

精神需求从来就不是富人的专利，穷人同样需要精神生活。如果你留意精神生活，你会发现它随处可得，比如一幅书法作品、一幅画、一段音乐、一块美石、一朵花儿等。这些东西都不实用，但很多时候只要你留意，就会即刻从心里拥有它们，久而久之，你会发现自己在生活中变得越来越自信，越来越懂得去欣赏乃至消费艺术，而不是既贫穷又悲观厌世。这就是精神生活对于穷人的重要性，因为普通人的生活往往更需要从美的东西中获得慰藉，而这往往被忽略。

市场总是善于激发你的购买欲，只要你的精神还不至于枯竭，你总能为你仅有的钱找到消费的理由。只有不懂得"钱"的属性的人，才不明白什么是"自己的钱"。要明白，真正属于你自己的钱是你花出去的钱，放在银行里的钱只是一串数字而已。

小人物生活在大环境中，大多是大江东去，随波逐流，于经济学对个人的影响究竟有多大几乎一无所知。笔者也非内行，只是长期身在市场一线，了解经济学或许更能理解销售与消费对市场的作用，理解人际关系。笔者有幸拜读过经济学家卢周来的专著《穷人经济学》，所以对经济学多少有些了解。卢周来被他的读者们称为"穷人经济学家"，即为穷人发声的经济学家。笔者就是通过这位经济学家认识和了解凯恩斯的。对于为什么会失业，什么是总需求，人们似乎从来不去思考，凯恩斯认为，"总体需求不足可能会导致长期高失业率"。总需求就是全球（或一个国家、地区）市场的总购买力。"但在经济衰退期间，随着支出下降，强大的力量往往会抑制需求。例如，在经济衰退期间，不确定性往往会削弱消费者的信心，导致他们减少支出。"特别是在房屋或汽车等大宗商品的可自由支配的购买上。"消费者支出的减少可能会导致企业投资支出减少，因为企业要应对产品需求减弱。这就把增加产出的任务推到了政府的肩上。"根据凯恩斯经济学原理，政府对市场进行有效干预是调节经济活动，保持繁荣和解决萧条的必由之路，也即宏观调控。至于宏观调控措施究竟是利大于弊，还是弊大于利，仁者见仁。有关凯恩斯主义，哈佛大学教授N.格雷高利·曼昆在《纽约时报》撰文称，要了解经济面临的问题，毫无疑问，"这位经济学家约翰·梅纳德·凯恩斯……对衰退和萧条的诊断仍然是现代宏观经济学的基础"，尽管凯恩斯已去世半个多世纪了。

提起凯恩斯主义，再次让我想起了经济学家朋友卢周来。有一次，他请我们几位书画圈的朋友吃饭，是在一个冬季的夜晚。他看到卖糖葫芦的人还有几串糖葫芦没卖完，于是慷慨解囊全部购下，三个大老爷们便在大街上大嚼酸甜爽口的糖葫芦。我在想，这个生意人看上去生意还不错，但他仍然瑟缩在大街上，希望把糖葫芦都卖掉。终于等到买主了，但他面无表情，不知道是心存感激，还是习以为常，而我这位经济学家朋友吃起糖葫芦来却是有滋有味……这些细节我都看在眼里，记在心上。设想我是那位卖糖葫芦的人，为了贴补家用，可能这一天的收入就差这几串，卖掉了就能回家歇息，妻子紧锁的眉头也会舒展许多，孩子的学习费用也许就有了着落，我会不动声色地感激这位顾客，感叹天下好心人多一点，世界充满爱。由此可见，有时候消费者的社会责任就体现在一些细微的消费动作上，你花费的不多，但对方获得的却能积少成多。甚至可以说，消费就是履行社会责任。经济学家的社会责任就是让大家生活得更美好一点，因而经常撰文呼吁人们积极消费，各尽其"财"，帮助更多人，使市场变得更加繁荣，社会变得更加和谐。

（原载《书屋》2024年第8期）

# 数学不是创造力的反面

◎ 绮　云

有人喜欢数学，觉得它清晰、准确，充满理性之美；也有人讨厌数学，觉得它非黑即白、僵化、专横。虽然人们对数学给出了截然相反的评价，但其实都看到了数学的同一特质：精妙之处和细微差别。

其实，数学不只是课本里的东西，而是一门有趣、神秘、令人兴奋又令人难以置信的学问。虽然大多数人没有数学天赋，但也并不缺乏学好数学的能力。

就拿"1+1=2"来说，在课堂上它是一个不容置喙的真理，超出此范围的答案只能获得一个大大的叉。可如果在一杯水里倒入另一杯水，它还是一杯水，生活中这样的例子可以举出一大把，那为什么1+1一定等于2呢？课堂上的数学似乎是一个不得不去遵守的规则世界，难怪它会给人僵化、枯燥之感。

华裔女性数学家郑乐隽认为，如果你觉得自己不擅长数学，或者在学校里的数学成绩很糟糕，那么完全有可能你只是在探寻对数学更深层次的理解，而身边没有人能帮助你达到那个水平。

郑乐隽是剑桥大学数学博士、芝加哥艺术学院常驻科学家，曾在剑桥大学、芝加哥大学和尼斯大学任教，被英国《卫报》授予"科学与自然类新秀作者"奖,她还是一位举办过音乐会的钢琴家。

郑乐隽认为,人们对数学的惧怕既来自对大量原理、公式的畏难情绪,又与对这些原理、公式本身具有限制性的、缺乏想象力的解释有关。这是真实的数学与人们对数学的认知之间存在的鸿沟。为了缩小这个差距,郑乐隽写下《数学的逻辑》,用最简单的话语而不是只有数学家才能看懂的公式,帮助惧怕数学的人,用更开放的方式重新理解这些数学原理和公式,重新认识数学。

从涉及的数学知识范围来看,这本书似乎和众多的数学科普、教辅没有什么不同,但这本书的野心远不止于此——它想要揭示数学的本质逻辑,而作者相信,真实的数学自能让人感受到它的魅力。

数学常常被忽视的重要天性,就是挑战不公正权威。深入探寻那些在他人看来不言自明的问题,是很多深奥的数学理论得以发展的方式。需要进行大量抽象思维过程,才能严格推导出某些看似显而易见的等式。

马丁·海兰8岁的时候,班里每天都要测验乘法表,如果有学生连续3天答对所有的问题,那就不需要再参加测验了。他是班里唯一一个从未答对所有问题的孩子,他也是班里唯一一个享誉世界的数学家和剑桥大学教授。正如他所说,他"总是记不住那些看似毫无意义的事情",但是"对见解形成的过程有良好的记忆力"。抽象数学就是见解形成的过程,但可惜的是,太多的孩子把乘法表当成只需要死记硬背的无意义的工具。

真理本身固然重要,但更重要的是抵达真理的路径,正所谓

"授人以鱼不如授人以渔"。在数学课上获得高分很重要，但更重要的是学会数学的逻辑。数学不仅关乎得到正确的答案，而且关乎如何知道答案是正确的。

这并不意味着数学教育可有可无。郑乐隽认为，有三个让数学成为教育的重要组成部分的原因：第一，实用性；第二，基础性；第三，间接应用性。数数、加减乘除是数学，分类、归纳、抽象思考也是数学；负数、指数是数学，逻辑思维、空间想象也是数学；正弦、余弦是数学，想象力、好奇心、创造性也是数学。

再回到"为什么1+1=2"这个问题，它是孩童对规则边界的最初试探，也是他们自我意识的萌芽，它有可能被贴上"愚蠢"的标签然后扔到一旁，也可能在滋养下成长为科学精神的参天大树。

天真的问题源自好奇和疑惑的心理，带有诚恳和坦诚的色彩，它们都是最好的问题。数学最美妙、强大、神秘之处，就在于即使简单的问题也能激发强大的数学思想。《数学的逻辑》或许能帮你打开这扇大门。

郑乐隽的文字如同一首流畅的乐曲，自然从容地倾泻而出，顺着思维流淌铺展开来；而她生动的文笔中又隐藏着数学家的严谨，章节中有着不动声色的精巧布局，充满逻辑的论述让人感到自然舒服，值得一读。

（原载《解放日报》2024年4月27日）

# 可怕的"拿铁效应"

◎ 贵 翔

"五一"长假前,单位的几个小伙伴聚在一起商量要报团出去散散心,素来花钱很冲的小麦却很"理智"地避开了这次集体行动。当中一位年龄稍长的刘姐说,可能小麦花钱又超了。

这几个小伙伴几乎同时入职,收入基本相同,当下又都是单身,手头儿上应该还算宽裕,可为何小麦经常捉襟见肘呢?其实,只要你注意观察一下小麦每天取快递的次数,就能找到答案。只要工资一发,小麦绝对控制不住"剁手"的欲望,只要网上有新奇的、打折的商品,不管有没有用,她一律下单。譬如,上午刚买了一打袜子,下午看到有袜子促销,又接着买。再譬如,冬季打折时买了一顶遮阳帽,等到转年夏天要戴的时候,她或是不知放哪儿了,或是早就忘了还有这样一顶帽子,就又买上一顶。如此这般,别看每笔支出都是几十元或者几元的小数目,但积土成山,几天下来,一个月的薪水就所剩无几了。

小麦花钱的这种现象,用一个经济学术语来形容很恰当,即"拿铁效应",或叫"拿铁因子"。"拿铁效应"专指那些生活中非必要,却能产生积少成多影响的支出。其名词的出处,是有人在计算每天喝2杯咖啡的支出后得来的,别看每天喝咖啡只花30元,但1年下来就过万元,20年下来就是20多万元!如今比较常见的

"月光族"多数就是这样形成的。这些人平时出手阔绰,满不在乎地消费,但真正需要较大款项支出时,就犯了难,有的甚至东挪西借,还可能引来债务风险。

我们提倡年轻朋友在财力不足的阶段,有计划地花钱,把有限的资金用在"刀刃"上。当然也不是要去做葛朗台式的吝啬鬼,如若只图省钱,每天只吃馒头、咸菜,导致营养不良,损害健康,那也绝不可取。但如果把每天到咖啡馆去喝咖啡,变为在家自制咖啡,或自己买些肉、蛋、菜等食材,烹调可口的营养午餐,来代替点外卖,却未尝不可。这样坚持一段时间,便能省下不少资金。

也有朋友会说,单靠节省,不可能变富。这话当然有道理,但如果没有节制地铺张浪费,即便收入再多,也会有入不敷出的可能,老话说的"吃不穷,喝不穷,算计不到就受穷"就是这个道理。

在此提醒花钱缺少节制的朋友,特别是年轻朋友们,千万不要轻视"拿铁效应"的危害,尽量省去那些非必要的开支,让自己每月都有些结余:一来可以抵御突发事件的风险,二来也能为自己积累一定的财富。

(原载《今晚报》2024年5月27日)

# 谈谈"荣誉"

◎ 胡建新

感动中国 2023 年度人物、我国空气动力专家、中国科学院院士俞鸿儒先生，潜心研究风洞技术 50 年。1998 年，他领导建成国际上第一座爆轰驱动高焓激波风洞 JF-10。2012 年，他又带领团队建成高超声速复现爆轰驱动激波风洞 JF-12。该风洞也成为当时国际上最大、整体性能最先进的激波风洞。但事后在上报国家奖项时，作为 JF-12 主要设计者，俞鸿儒却把自己的名字署在了最后。记者问他为何这样做，他平淡地说："荣誉对我没有用了，年轻人没有这个不好开展工作。他们有成就，就有威望、有威信，工作就好做了。等他们老了，再交给年轻人。"

俞鸿儒院士说荣誉对自己"没有用了"，显然是他的自谦之词。荣誉作为国家、组织或团体对人们取得事业成就的肯定和褒奖，对任何人来说都不会是"没有用的"，即使年龄再大、获奖再多，荣誉也依然是一个人成就的崇高象征。然而，从俞鸿儒院士平淡的话语中不难看出，他对荣誉之类的东西确实看得很淡。在他的心目中，风洞事业高于一切，只要能够建成世界一流风洞，为祖国的航空航天事业贡献自己的全部智慧和力量，就是他的最高追求，其他包括荣誉、地位在内的所有奖励都无关紧要。相比之下，现实中却有少数人，为了获得自己心仪的荣誉和地位，常常与人争得不可开交，甚至不惜抛弃职业操守和学术道德，移花接木、弄虚作假、哗众取宠、欺世盗名，与其初心使命背道而驰，遭到社会大众的唾弃和谴责。

荣誉既是成功的奖章，也是事业的推手。俞鸿儒院士作为风洞技术的理论奠基人，他希望更多年轻人在这个领域取得突出成就、获得崇高荣誉，进而形成事业与荣誉的良性循环，让荣誉成为事业腾飞之翼。实事求是地讲，在我国现有的人才成长和干事创业生态中，荣誉往往是一个重要条件和独特优势。如果一个人拥有重大奖项、著名头衔、高级称号等与本人身份地位直接相关的荣誉，无疑比没有类似荣誉的人更能得到社会的认同，从而使工作开展起来更便利、顺畅、高效；荣誉越多越高，就越有机会获得更多的创业资源和更大的成功概率。显然，形成这种生态的渊源比较复杂，既有历史、现实的原因，又有主观、客观的因素，且在现实条件下可能一时还难以改变。正是基于这一状况，俞鸿儒院士主动把更多的荣誉让给年轻人，让他们在干事创业的过程中能够如虎添翼、如鱼得水，拥有更多事业发展的便利条件和有利资源，进而更加顺利通畅地创造出卓越、辉煌的业绩来。

荣誉是一面镜子，既能映照一个人的学识水平，又能鉴别一个人的道德境界。我们既要崇尚荣誉，让荣誉成为助推事业发展的强劲动力；又要看淡荣誉，不为荣誉所困扰和羁绊，一切以强国建设、民族复兴伟业为最高追求。只有这样，才能成为新时代德才双馨的有志者。

（原载《今晚报》2024年5月14日）

# "云端大脑"会让人更聪明吗

◎ 岑 嵘

当我在郊游时,看到一些叫不出名字的树木花草时,我会用手机软件识别一下,很快就会得到它们的名称和相关知识。同样,当我在游览名胜古迹的时候遇到疑问,无论是历史、文化还是建筑上的,都可以用搜索软件迅速查询一下。

我们可以通过电子设备的链接,把自己的知识库放大几百万倍。在今天我们不仅拥有一个"生理大脑",还有一个"云端大脑",也许我们的大脑只能记住几十首唐诗,但我们的"云端大脑"却能一字不差地记住整部《全唐诗》。

那么,我们辛辛苦苦地去背诵"浔阳江头夜送客,枫叶荻花秋瑟瑟"还有意义吗?我们记住"公元前207年巨鹿之战,公元前206年刘邦攻入咸阳"还有必要吗?这个无比庞大的"云端大脑"会让我们更聪明吗?

即便你能够通过手机识别出几十万种植物,你仍然无法成为植物学家。这就像把你送到加拉帕戈斯群岛,你可以用手机知道每一种生物的名字和特性,但你仍无法和达尔文一样从中推演出进化论;你的"云端大脑"可以查询到古今中外所有的文学名著,但你很可能没法写出一篇像样的小文章。

创造来自知识的融会贯通,各种思想的混搭,因此,只有存在于我们大脑中的知识，通过归纳演绎和联想总结，才能真正成为学问的一部分。我们通过背诵和记忆才能体会到"春江潮水连海平，海上明月共潮生"的文字之美，这和能搜索到这首诗是两种完全不同的意义。陈寅恪能把"十三经"中的很多段落倒背如流，任何一台电脑都能轻易做到这一点，但任何一台电脑也无法产生他的学问。

事实上，"云端大脑"看起来很厉害，但它会降低我们的记忆力。2011年，哈佛大学发起了一项实验，被试者每人要把40句话输入计算机中，有一半人被告知输入的内容将被存储在计算机上，而另一半则被告知任务完成后这些话会被即刻清除。在输入完成后要求被试者回忆自己输入的内容，结果那些被告知会被即刻清除的人记住的内容，远比那些得知句子会储存在电脑上的人多得多。

还有一个相似的例子，2013年，费尔菲尔德大学的研究人员进行了一项实验。被试者按照预先指示去观赏特定的画作。依照实验设计，有些人用相机拍下画作，有些人只简单做笔记。第二天，研究人员询问他们对画作的了解情况，结果发现拍照的人在辨别画作、回忆细节等方面都表现得较差。

我们的大脑会对知识进行分类和筛选，大脑会认识到容易获取的信息没必要都存储起来，并且也不会深入去思考。这种现象也被称为"谷歌效应"，意思是在网上能轻易找到的信息，大脑会选择自动遗忘。

当我们的大脑中储存着很多优美的文章和诗词时，我们思考时自然会有一种美感；当我们记住重要历史事件详细年代和经过时，历史就会像画面一样脉络清晰地展现在我们眼前。如果我们不去记住这些有用的知识，我们的大脑就会被另一些无用和零碎的知识占据，例如《王者荣耀》游戏每一个人物的技能。

当然，有人会说，你这是小看了科技的力量。从前一个出租车司机需要几年时间，才能勉强记得一座城市的大街小巷，而今天，即便你第一天来到这座城市，也能轻易从事网约车司机的工作，因为地图不再需要被记忆了。

这当然大大方便了我们的生活，但这仍然不会让我们更聪明，如果你的脑海里有一整幅城市的地图，你可以有很多有趣的思考，这座城市的布局是怎么样的；这些街道有着什么样的故事和来历；哪些行业和地段的人气最旺；如果自己想开家餐饮店在哪里最合适……

如今，科技让这一切思考都成为多余，网约车司机只需望着屏幕，然后跟随指令，这样做虽然省力，但同样也放弃了思考的乐趣。

（原载《今晚报》2024年5月19日）

# 如果你被"看脸的世界"吞噬

◎ 李 蕾

人只要美丽就够了吗？英国最杰出的作家和戏剧家之一奥斯卡·王尔德，在一百多年前的作品《道连·格雷的画像》中给了我们答案。

曾经有人问丘吉尔："百年之后，如果去天堂了，你最愿意跟谁见面？"丘吉尔毫不犹豫地回答："奥斯卡·王尔德。"

王尔德是个一生都活在自己内心童话世界里的王子，他迷人、骄傲、刻薄、离经叛道，在自己的小说里，也创造了富有魅力的道连·格雷。

道连·格雷的开局是个"小可怜"，母亲爱上了身无分文的父亲并与之私奔，贵族外祖父大怒，故意找人挑衅女婿决斗并杀死了他。母亲郁郁寡欢很快去世，道连·格雷被外祖父收养，但外祖父很讨厌他，后来外祖父去世，他再次被人收养。

尽管道连·格雷年轻而富有，但没有人爱过他，他也没有享受过正常家庭的欢乐和温暖，不知道究竟什么是温情。这造就了奇特的现象，一个颜值超群的人，竟不知道自己很有魅力。

直到神秘的艺术家霍尔华德为他创作了一幅神奇的肖像画，他才意识到自己的魅力。这是他的觉醒时刻，也是不幸的开始，尤其是在遇到坏朋友亨利勋爵后。亨利的言辞诙谐、引人入胜，他经常发表一些洗脑的论点，让道连·格雷沉迷于声色，最终背离本性，出卖了自己的灵魂。

为了维持表面的美丽，道连·格雷不惜牺牲一切。他犯下种种罪行，而那幅肖像画是照出他心灵的镜子。画里的人因为他的邪恶和堕落变老变丑，现实中的道连·格雷，则能永远保持美丽、纯洁的容貌。

当画像越来越难看，道连·格雷感觉被束缚，总是担心自己邪恶的秘密会被发现，最终他抓起一把刀子，刺向了画像，可倒在地上死去的是他自己——他不是毁掉了那幅画，不是销毁了犯罪证据，不是刺死了自己的过去，而是刺死了真正的自己。

道连·格雷的结局说明一个道理：那些你试图逃避的过往和秘密，最终会以另外一种发生方式跟你见面。王尔德就像一个冷酷的旁观者，把读者带入一个处在道德边缘的故事，挑战了人们对于美、善、恶的理解。

为了美丽的外表可以付出一切代价吗？王尔德在书中给出了答案："生活就是你的艺术，你把自己谱成乐曲，你的光阴就是十四行诗。"我们读过的每一本书、听过的每一首歌、见过的那些明媚的阳光，它们不仅仅美，更能滋养我们的灵魂。

所以，即便青春是稍纵即逝的，只要你秉持着真和善，就能够留住清澈的眼神。年龄虽不可逆转，但在生命的历程中，你拥有了智慧，就可以抚平内心的皱纹。

（原载《女友》2024年第1期）

# 畸形的"饭圈文化"

◎ 谢杨柳

作为一个从母胎起便与体育、追星完全绝缘的人,我实在无法理解,所谓"饭圈"乱象是如何乱哄哄地"粘"上奥运会的。不过,这倒并不妨碍我谈论这一话题。与两者的绝缘,或许恰恰赋予我不带偏见的优势。

初次听闻奥运会,是在二十年前的夏天。那时我尚在小学,坚信世界上有孙悟空、奥特曼以及圣斗士星矢。那段时间,无论电视新闻还是街头巷尾,都在谈论一个对我来说神秘而诱人的概念——雅典奥运会。顺理成章地,我将它理解为纪念《圣斗士星矢》中的雅典娜的一种仪式。尽管这一奇妙联想最终破灭,但它在我心中赋予奥运会的诸多人文价值却不曾稍减。这些人文价值,可以用温克尔曼对古希腊艺术的评论来概括——高贵的单纯,静穆的伟大。

因此,当看到"饭圈"乱象与奥运盛会联系在一起时,我甚至产生一种本能的反感——某种圣洁、崇高的东西被玷污了。我想,人们对这一话题的热议,或许与我的感受有相似的心理根源。

一位学者曾说,古希腊的空气是清洌的。除了张扬人性的神话与艺术、重视理性的哲学与科学,它的最"清洌"处,恐怕还在于献给全人类的体育精神。对于古希腊人来说,体育几乎与人生的一切事业相关。哲学上,巴门尼德与芝诺曾在观看奥运会时展开运动与静止之辩;文学上,荷马在《伊利亚特》的末尾以一场运动会让英雄们一"赛"泯恩仇;艺术上,米隆的雕塑名作《掷铁饼者》便是从体育赛事中取材……此外,许多古希腊名人都参加过奥运会,据说柏拉图还曾荣获自由搏击冠军。

这种"清冽"的体育精神,从古代奥运会一直传承至现代奥运会,在人类文明史上堪称奇迹。无论形式上有多少变化,其人文内核始终未变。每一届奥运盛会,每一场体育赛事,都在警醒我们:用宽容消弭争斗,用理性驱逐偏执,用真诚化解隔阂,用雅量除去狭隘……但可惜,"饭圈"乱象制造者们为这些弥足珍贵的价值蒙上了一层阴影。

身在"饭圈"之外,我无从分析"饭圈中人"的深层心理,只能以集体无意识来解释。这在人类历史上早已见怪不怪,荣格甚至将不明飞行物现象都归因于群体心理。然而,如今的"饭圈"乱象之盛行及其表现之极端,似乎已超出了我们的历史经验。

作为一种追星方式,"饭圈文化"可说古已有之。但相比于今日,古代的"饭圈文化"并未呈现出不可理解的病态,即使是"看杀卫玠"的典故,也不会令人心生反感。正相反,古时的"饭圈文化"甚至会以其优雅的表达方式呈现出一种独特的美感。林语堂曾在《苏东坡传》中讲过一个故事:一位苏轼的崇拜者每天用十斤羊肉"贿赂"苏轼的秘书,请求得到苏轼手书的便笺。苏轼得知后,便笑着对秘书说,今日禁屠,没有便笺……

相比于从前,当代畸形的"饭圈文化"带有更多的非理性、群体性甚至攻击性,人性中蒙昧与阴暗的一面被空前放大,以至于成为一种乱象。从技术层面来说，这种畸形和失控或许与移动互联网有关。它让人与人之间的联系与"抱团"变得几乎没有成本，好处当然显而易见，坏处则是在一定程度上催生了各种各样的集体无意识。对于本就缺少独立意志的人来说，身处其中，很难不被带偏。

面对这些乱象，我们更应该重拾那些似乎早已不合时宜的人文理想——无论是苏格拉底一再强调的理性与自省，还是孔子告诫门徒的君子"群而不党"，仍然值得我们用非凡的气魄毕生追求，从畸形的"饭圈文化"回归到"清冽"的人文精神。

古希腊诗人品达在一首庆祝奥运会的诗中如此写道："愿你在有生之年高蹈！我则愿在同样的日子里，凭智慧为全人类到处瞻望。"这句诗，愿你我常诵不忘。

（原载《羊城晚报》2024年8月18日）

# 短视频不容"娱乐至死"野蛮生长

◎ 蒋 萌

短视频行业风起云涌，在为大众提供更加生动直观的内容与服务的同时，随之而来的沉迷短视频、制造传播虚假信息、内容低俗、炫富攀比、无底线骗流量等问题，更引发社会关注。

欲疗其疾，需究其源。短视频领域乱象滋生，表层原因是"娱乐至死"的无度与泛化；深层问题是平台利益与流量优先，技术应用"跑偏"，导致传播规范失序，丧失商业伦理。促进短视频行业健康发展，要瞄准乱象成因，才能对症下药。

互联网企业纷纷在短视频领域"攻城略地"，极度关注市场占有率与渗透率，想方设法争取用户，千方百计实现流量变现……逐利是企业的天性，这本无可厚非，但世间万事万物皆有它的底层逻辑，商业也是如此。既然抢占了行业高地，就必须履行相应的社会责任。现实中，一些平台对短视频的内容导向、传播价值、社会影响等重视不足，对社交平台账号作品的把关意识不强，甚至对不良的、刺激性的内容持半推半就的态度，其后果是会对公共利益造成损害。运营过度商业化，内容颇为同质化，原则底线模糊化，短视频行业"亚健康"式竞争被越来越多网友诟病。

非良性竞争反映到技术应用层面，也出现各种问题。短视频平台虽然有自动内容审查系统，但此类系统往往不够完善，可能会被熟悉游戏规则者绕过审查。自动审查系统能否及时升级，人工审查有没有跟上，能够从一个侧面反映出平台对"花头"性的内容是否"欲拒还迎"。内容分发机制同样存在弊端，在"流量为王"这根指挥棒下，一些平台的流量分配更多遵循是否"吸睛"，致使一些质量不高、单纯博眼球的短视频大行其道。算法推荐这把"双刃剑"更值得推敲，持续向用户推送"偏好"内容，令用户选择面变窄，形成"信息茧房"，诱使用户长时间刷视频，平台倒是获得了用户黏性，可网络沉迷问题不容小觑。凡此种种，平台还需反躬自省。

短视频行业蓬勃发展，各类平台如雨后春笋，但不容野蛮生长。面对短视频领域乱象频发、某些人竭泽而渔、技术应用剑走偏锋，治理当"该出手时就出手"。短视频从业者也要明白，规范是为了避免陷入恶性竞争的内耗，让技术更好服务于广大用户，助力行业可持续健康发展，力求实现传播价值、社会价值、经济价值的有机结合。

（原载"人民网"2024年5月17日）

# 家长烧掉孩子成堆的烟卡，先别叫好

◎ 蒋　理

近日，黑龙江一家长火烧孩子的"宝贝"烟卡引热议。据媒体报道，家长称，本来不反对孩子玩烟卡，毕竟谁还没有个童年。但后来发现，很多小孩为了烟卡会去偷抢，为防止孩子误入歧途，决定火烧成堆烟卡。对于家长烧掉的成堆烟卡，有网友调侃，"这么多烟卡，得值好几万"。

在新学年开学时，家长烧掉孩子成堆烟卡，可能是想给孩子一个新的开始。而这引发热议，是因为小学生玩烟卡正流行，不少家长也为孩子玩烟卡头疼，希望也将孩子的烟卡"一烧了之"。但是，烧孩子的烟卡，并不能正确引导孩子对待烟卡、阻止孩子玩烟卡，反而有可能制造亲子矛盾。要让孩子正确对待烟卡，需要家长在孩子刚玩烟卡时，就重视监护引导，防止孩子沉迷其中，同时，要通过陪伴，与孩子一起玩其他有益的游戏，满足孩子的游戏、娱乐、社交需求，培养孩子的兴趣。

从视频看，这位家长烧掉的烟卡真的可以用成堆来形容。因此，需要追问，为何孩子可以积这么多烟卡，之前家长有教育、引导吗？家长称，自己并不反对孩子玩烟卡，但不反对和纵容是两码事，孩子能积累这么多烟卡，应该是家长放纵的结果。在发现孩子沉迷其中之后，采取一把火烧了的方式，这是从一个极端走向另一个极端。

不少家长对孩子的管教,都存在类似情况。比如,有的家长把自己的账号给孩子,让孩子玩游戏,对孩子使用智能手机、玩游戏缺乏监护、引导,结果导致孩子沉迷手机、游戏。在孩子出现沉迷问题后,家长怒砸孩子手机,可这样的教育有效果吗?家长对孩子为何沉迷有反思吗?

小学生沉迷玩烟卡,有诸多问题,包括趴在地上玩烟卡、在垃圾箱里找烟卡不卫生;对烟卡品牌如数家珍,不利于禁烟宣传、教育;还有一些孩子利用烟卡进行交易,甚至为烟卡进行偷盗等。因此,需要对这一问题加以高度重视。

但是,对此也不能采取"一禁了之""一烧了之"的方式。首先要分析孩子为何流行玩烟卡。这反映出孩子有简单游戏、社交的需求,也折射出当前学校教育、家庭教育给孩子提供的好玩的游戏不多。如果不从孩子的需求出发去治理玩烟卡问题,禁止了烟卡,还会出现其他"卡牌"。近年来,孩子玩的东西,就从萝卜刀,变为烟卡、"养臭水",不少人不理解孩子为何会玩这些幼稚的游戏、有这种"恶趣味",其实是不了解孩子,没有"儿童中心"视角。

再次要反思家庭教育是否给予孩子高质量的陪伴。家长在履行监护责任的同时,要引导孩子正确对待游戏、娱乐、社交,在陪伴孩子成长过程中,培养孩子的兴趣。不少家长在平时的家庭教育中,疏于对孩子的监护、引导,纵容孩子的不良习惯,在发现孩子的状态不对后,再病急乱投医,希望快速扭转孩子的不良行为、习惯,摆脱沉迷。这种简单、粗暴的管教方式,往往没有什么效果。有的孩子会采取更加激烈的方式"摆烂",对抗家长的管教,直至让家长放弃管教。

因此,不要忙着对家长烧掉孩子成堆的烟卡叫好。培养孩子良好的行为习惯,需要的是日常的养成教育。要告别简单、粗暴的教育方式,才能走进孩子内心,采取符合孩子天性、成长规律的方式教育、引导孩子健康成长。

*(原载《羊城晚报》2024年9月3日)*

# 扫兴，助兴

◎ 加　妈

今天是农历正月初七，民间称"人日"，不禁想起亲子养育这个话题。

"中国父母总是让人扫兴，当子女兴高采烈的时候，他们总能找到事情的另一面，给子女泼冷水……"看到视频号里一位博主这么说时，我立马就对号入座了，说的就是我啊！

比如当儿子兴致勃勃地跟我说，昨晚看了两个多小时的中文书，我会说："那今晚能不能分出半个小时来读英文书？"又如他针对书的内容画出了逻辑很完整、思路很清晰的思维导图，跟我讲了书的内容，我听完的第一反应是："那你能不能再概括一下，这本书最重要的一个点是什么？"现在回想起来，我犯了一个致命错误，应该先表扬，而且是大大的表扬，肯定和鼓励孩子的进步。我却总是在提更高的要求，持着"想让你成为更好的人"的父母心。

继续回想，我总在试图找孩子的短板和缺点，督促他把短板补长，把缺点变成优点。比如参加孩子家长会，我在听完外教的一顿夸之后，直截了当地问："那孩子有什么不足需要改进吗？"外教愣了一下说："你们可以在生活中多和孩子讨论一些环境问题，比如为什么全球气候在变暖，这样可以让孩子对化学学科有更强烈的兴趣。"外教的回答给我上了一课,为什么我们做家长的总去找孩子的不足?我们应该找找自己能做的事,帮孩子成为更好的人。

我突然就明白了为什么现在育儿矛盾凸显,常见各种社会新闻说父母辅导孩子功课甚至气出心脏病,孩子成年后"断亲"断到父母头上……如果父母总是扫兴,孩子能高兴吗?家庭气氛能好吗?可如果一个人不高兴,长期处于低落中,什么事都做不好。

我也明白了为什么有的年轻人不愿意生孩子,如果养育孩子是个压力大、痛苦多于快乐的过程,谁愿意自讨苦吃呢?一代一代,只有这一代体会到了被养育的快乐,在和谐快乐的家庭氛围中长大,才愿意接过接力棒,去组建家庭、去养育下一代。

养育这个词很有趣,在英文里是"raise",加个单词"up",意思就变成了"激励",见经典的英文歌名《You raise me up》。我想,做父母的想要更好地养育,要学会"up",给孩子助兴,激励孩子向上;而不是"down",在兴头上把孩子往下拽。

从此之后,我要学会"助兴"。与其问孩子"再读点英文书?"不如问"读到些什么有意思的故事吗?"。当孩子兴致勃勃来跟我说什么时,我要兴致比他还高地去听,增加他的快乐。至于他的缺点和不足,一是要挑时间和场合去提醒;二是孩子随着慢慢长大,他自己会发现,自己会纠偏。每个人都想成为更好的人,但不需要时刻有人在他旁边耳提面命。

从扫兴到助兴,大家都高兴,唯愿认识到这一点犹未晚矣。

(原载《新民晚报》2024年2月16日)

# "黑悟空"遭遇第八十二难
# 谁来"降妖除魔"?

◎ 冯海宁

首款国产3A大作《黑神话：悟空》一经上线，便在全球掀起了现象级热潮，不仅引爆了游戏市场，还成功出圈……伴随着居高不下的热度，《法治日报》记者日前调查发现，围绕《黑神话：悟空》的盗版等现象如同游戏中的"妖怪"一样不断涌现，成了"黑悟空"遭遇的第八十二难。

《西游记》是一部神话小说，以该小说为背景设计的《黑神话：悟空》，如今也成为"市场神话"，其火爆程度超出了想象。然而，这一现象级的产品却遭遇不少劫难：有商家在电商平台售卖"离线版""家庭版"共享《黑神话：悟空》游戏账号；某二手交易平台出现了一批"自动发货，下载即玩"的盗版游戏《黑神话：悟空》；大量《黑神话：悟空》周边产品在电商平台销售，卖家直言不讳"1∶1复刻"……

这些"劫难"首先对《黑神话：悟空》形象造成了不良影响。作为一款广受好评的游戏产品，其良好的形象对于弘扬我国文学名著、展示我国游戏设计水平意义重大。然而以上诸多乱象给该产品形象抹黑。其次，侵害了版权方合法权益。无论是盗版产品还是周边产品，未经授权都属于侵权行为，给版权方造成重大损失。另外，还侵犯了消费者合法权益。例如有商家将《黑神话：悟空》打折卖到1元，卖的其实是该游戏的宣传片。

在《西游记》中，唐僧孙悟空师徒遭遇八十一难。如今将上述乱象总结为"第八十二难"，比较形象。孙悟空遭遇的前八十一难已经度过了，如今"黑悟空"遭遇的第八十二难该如何破解？笔者认为，需要游戏版权方、相关交易平台、消费者、监管者从各自职责角度出发，以著作权法、商标法、专利法、反不正当竞争法、电子商务法、消费者权益保护法等法律规定为武器，共同出手"降妖除魔"。

作为该游戏版权方，不能放任各种侵权行为。当盗版产品大行其道，必然影响正版产品销量。大量未经授权的《黑神话：悟空》周边产品，同样影响到版权方的周边开发与收益。所以，版权方要全面收集各种侵权证据，向侵权者发起维权战，以维护自身合法权益，给消费者提供合规产品。但目前为止似乎未见版权方出手维权。

为盗版产品、周边产品提供交易的平台，显然是"助纣为虐"，应该承担主体责任，既对违规产品进行下架处理，也要加强审核防范侵权产品上架宣传、销售。从消费者角度来说，也要杜绝购买盗版产品；一旦被商家侵权，要勇于拿起法律武器维权；发现相关盗版产品后，也要积极举报。从监管角度而言，不妨开展专项行动，打击盗版和其他侵权行为，为产品创新、游戏消费，创造一个健康的环境。

也就是说，版权方要敢于与一切侵权行为作斗争。有关部门要依法主持公道，承担应有的监管责任。当相关各方共同尽责、发力，就能对各种侵权行为起到"降妖除魔"的作用。

另外，当这款产品已经火爆全球，版权方更要从全球角度做好版权保护的布局。

（原载《羊城晚报》2024年9月9日）

# 跟内耗说拜拜

◎ 北　北

最近网上一篇妻子缅怀丈夫的悼文《缅怀晓宏｜陈朗：请君重作醉歌行》引发关注。此文最早在微博上发酵，后因评论众多，作者又追写了一篇。两篇文章让我看到了一位高知高敏高内耗女性的内心。

如作者在悼文中提到，恨不得在丈夫的墓碑上刻个二维码，好让更多人读到他的论文。又讲到丈夫生前一直在写论文，没给女儿留下任何文字和影像。这体现了一种精神内耗。内耗的人总是在探究意义。

写论文对一个人文学者而言当然是正事，但投到好期刊的命中率很低且周期很长，是花了12分力气可能只有2分回报的事，甚至零回报。而花点时间记录孩子的成长，反而是花2分力气却有12分回报的事。但人文学者不喜用经济学思维去指导生活，秉承理想主义。

我读之心有戚戚焉。我也会内耗，比如花了两小时排版文档后会想，花两小时给孩子做顿好吃的更值得吧。比如申报课题，我先用批判性思维论证一番，是不是必须要申？申的意义何在？批判好了、决定申了，根据命中率设置投入度，觉得控制在6—7分即可。不过往往是一投入就控制不住，最后一看，好家伙，不知不觉用了10到12分力。等到申报结果出来，没中，于是后悔，说好只用6分力，为啥用了12分？但下次申报还是同样一个循环。这就是典型的内耗型思维，喜欢复盘、经常反省、擅长后悔，总在想，"如果当时不那么做就好了"。这种思维比较伤人，花了12分力气做的事，精神内耗又加了3分，共计15点伤害。

在第二篇文章中，作者问："我们的学术制度是不是不人性？是不是异化？"对于这种拷问，我非常理解。学术是道窄门，若非特有天赋，有一般天赋者都慎入。尤其是人文学科，要做好清苦一生，到最终研究也得不到认可的准备。人究竟是为理想而活还是为现实而活？如果选了一条道走到黑倒也无妨，最怕的就是一会儿理想，一会儿现实，非常内耗。所以作者接着说，作为心理咨询师，"我相信每个人应该允许自己内心怀有各种不同的甚至相反的情绪。任何情绪都是合法的"。

读到这儿，我看出她接受自己的内耗。就如她在婚姻中的牺牲，虽然有情绪依然在牺牲，对丈夫有着深厚的爱，这是很让人动容的。她的学术素养和专业知识让她能不被内耗控制反噬，因此文章写得克制冷静、真实有情。

那么，我们普通人用什么来反内耗？我很喜欢那句"最后起作用的还是爱"，让我们去寻找热爱、去不计成本地爱，付出时不问值得不值得，勇往直前，走出一首《长歌行》。

（原载《新民晚报》2024年2月2日）

# 终于鼓起勇气谈谈优雅

◎ 林少华

终于鼓起勇气谈谈优雅。从我翻译的《挪威的森林》谈起吧。实不相瞒，线上也好线下也好，时不时有人寻我开心，问我是喜欢书中的直子还是绿子。过去我每每举棋不定，近一两年我则断然回答我更喜欢初美。因为什么？因为初美优雅！永泽因通过外务省公务员考试而请渡边君和女友初美吃西餐，席间永泽和初美吵了起来。而后，渡边君叫出租车送初美回家。书中这样写道："初美抱臂闭目，靠在车座的角落里。随着车身的晃动，小小的金耳环不时闪闪烁烁。她那深蓝色的连衣裙，简直就像比照车座角落那片黑暗做成的一样。涂着淡淡颜色的形状娇美的嘴唇不时陡然一动，仿佛欲言又止。"渡边君一边注视着初美，一边思索初美在自己心中激起的感情震颤究竟是什么。与此同时，我这个译者也在思索。对于我而言，那个"什么"就是优雅。初美的优雅，同样类似一种少年时代的憧憬，同样唤醒了自己身上长眠未醒的"我自身的一部分"。相比之下，直子温柔，小鸟依人；绿子活泼，好像迎着春光蹦跳到这世上的一只小鹿，但她们都没有这样的唤醒力，都称不上"优雅"两个字。

优雅是一种美、一种审美向度。遗憾的是，在这个流行美、包装美、消费美甚至"耽美"的时代，我们不易见到优雅之美。

我们不缺威武，多少人龙腾虎跃笑傲江湖；我们不缺豪迈，多少人呼风唤雨撒豆成兵；也未必缺一马当先、一剑封喉、一骑绝尘的刚毅、果敢和潇洒。我们甚至不缺少对日本物哀之美、侘寂之美的理解。但环顾四周，往往少了优雅。甚至，有时谈优雅都要小心——谁谈优雅谁矫情、谁小资、谁矫揉造作。在有些人眼里，最优雅的姿态，可能不是谦恭而是轻蔑，不是欣赏而是质疑，不是严肃认真而是玩世不恭，不是温润如玉而是尖酸刻薄，不是高山仰止而是设法把高山碾平或者和自己扯平。进而言之，这是个缺少洪流看重"流量"的时代，缺少史诗流行"段子"的时代，缺少画卷量产"碎片"的时代，缺少激情燃烧常常一地鸡毛的时代……一句话，缺少优雅常见"网红""网暴"的时代。

我们曾经优雅。或"又有清流激湍，映带左右，引以为流觞曲水"，或"羽扇纶巾，谈笑间，樯橹灰飞烟灭"，或"采菊东篱下，悠然见南山"，或"独坐幽篁里，弹琴复长啸"，或"清风明月一壶酒，竹影花香万卷书"……说得极端些，离开了雅，中国传统文化就难以成立。

或许你要说，云谲波诡的职场、始料未及的失业、房贷车贷婚贷，导致的多是"内卷""躺平""啃老"，等等，没有优雅的环境，还谈什么优雅之美？可我要说，即使环境再不优雅，也不意味着就只有骂骂咧咧、叽叽歪歪、鬼鬼祟祟这种选项。2012年诺贝尔文学奖获得者莫言尝言："无论多么严酷的生活，都包含着浪漫情调。"莫言小学五年级没念完就辍学放牛了。他说他在荒草甸子上放牛的时间里，"天上有许多鸟儿，有云雀，有百灵，还有一些我认识它们但叫不出它们的名字。它们叫得实在是太动人了。我经常被鸟儿的叫声感动得热泪盈眶"。他小时候曾饿得吃树叶、啃树皮,但还是"被鸟儿的叫声感动得热泪盈眶"。一般说来,"热泪盈眶"算不上优雅,但真就不优雅吗?你能认定一个十几岁的乡下男孩儿热泪盈眶地倾听鸟叫的样子不优雅吗?这就是莫言和一般孩子的区别——他在艰苦岁月中也没有失去被美感动或感动于美的能力。我敢说,莫言的诺奖之路正是从这里起步的。

说绝对些,优雅与环境无关,与时代无关,与社会无关,更与时尚无关。而只与自己有关,纯属自己的事——多好,自己说了算,你一个人说了算!美貌是上天的恩赐,可遇不可求;而优雅来自后天的修为,想求即可遇之——遇到那种不动声色的美、静水深流的美、月出东山的美、风吹麦浪的美。

那么如何才能优雅呢?三个办法:看书、看风景、注意语言表达。

首先,看书。让气质优雅起来。"腹有诗书气自华。"气,当然包括书卷气,优雅和书卷气密不可分。一二十年来,我不知做了多少场读书讲座、读书会,也因此接触了不知多少因喜欢读书而优雅动人的年轻人。特别是那眼神,清纯、灵动,真诚!对了,一次我在讲台上半开玩笑地说:"昨晚你们是看书了还是看手机了,甚至看书是看《资本论》还是看《失乐园》了,是看《纯粹理性批判》还是看《挪威的森林》了,老师一看你们的眼神就看出来了!"吓得前排女生赶紧闭上了眼睛。事情当然不可能那么玄乎。果真那样,老师就不是老师,岂不成了相面先生?不过看书的眼神和看手机的眼神不一样,并非虚言。毕竟我在讲台上站了

40多年，这点儿职业敏感还是有的。

其次，看风景。让姿态优雅起来。让我趁机呼吁，尽可能把目光从电子屏幕上移开，多关注身边的自然风景吧！即使再不起眼的景物，那也是造物主蘸着心血绘制的。哪怕一枚树叶、一丛小草、一朵野花、一片流云，甚至蜜蜂翅膀一次微弱的震颤，都有神奇的美，都会给人以美的感动。我敢保证，从某种意义上来说，一朵牵牛花包含的来自宇宙、来自地老天荒的远古信息，可以绝杀被谁咬了一口的"苹果"。而面对那朵牵牛花看得如醉如痴的人们的姿态、情态，想不优雅都不可能。

最后一点，注意语言表达。让谈吐优雅起来。随便举个例子吧，比如少说"然后"。记得几年前我带的一名研究生在论文答辩会上陈述论文要点，不到十分钟时间里说了不止十个"然后"，听得旁边的我真是着急上火。即使答辩通过了，也没让我高兴起来，问她为什么老说"然后、然后、然后"，为什么就不能换个词说"随后、之后、而后、其后"，或者"其次、再次、继而、进而、再而、再者、并且、而且、况且"，以及"加之、加上、还有、接着、接下去"，何苦像敢死队似的死死咬住"然后"不放。这可能意味着，许多人几乎完全没有修辞意识，没有语言自觉。当下，铺天盖地的网络文化、手机文体冲击着汉语的文学性、经典性、殿堂性，语言表达正在向口水化、庸俗化、粗野化以至低幼化、弱智化突飞猛进。幸好，研究生论文答辩会主要看论文本身，就算说一百个"然后"也不至于通不过。而若是毕业找工作面试，这样"然后"下去恐怕再没有"然后"了——没有下文了。北大中文系陈平原教授一次在讲座上劝学生切不可轻视语言表达对面试的作用，成功与否往往"就因这十分钟、二十分钟发言或面试决定"，断言"一辈子的道路取决于语文"。我补充一句，半辈子的道路取决于优雅！

（原载《解放日报》2024年4月18日）

# 靠外卖小哥找干净店靠谱吗

◎ 戚耀琪

最近,"100元干净饭"挑战在网络上风靡开来,愈演愈烈。有博主给外卖小哥100元,让他带去一家干净的小店享用美食。随后,全国各地的博主纷纷效仿。他们给外卖员100元作为酬劳,邀请其带领寻找卫生的小店铺。成功案例固然令人欣喜,然而有博主也遭遇挫折,外卖小哥直言没有一家店是干净的,这一言论瞬间引发了网友的集体情绪崩溃。有网友直言不讳:在外卖行业中,干净竟然成了一种奢侈的要求。

在繁忙的生活中,点外卖时,消费者即使能看到商家的卫生许可证等证件,也很难光靠手机上的视频和图片来真实判断外卖商家的卫生情况。而每天穿梭于各个店铺的外卖员,其推荐则被认为非常可信。这样一来,本来是美食探店的营销做法,变成了带有社会意义的卫生监督。

由此出发,各方又开始有了许多延伸。有些博主为了吸引流量,甚至夸大或扭曲餐馆的卫生状况。有的地方市场监管部门,尝试聘请"外卖骑手"作为社会监督,在日常工作中对餐饮门店的证照资质、信息公示、环境卫生等方面开展监督,发挥"移动探头"作用。

从整体意义来看,多一双社会眼睛,就少一分消费陷阱。各种监督做法当中，目前最有新闻性的是外卖小哥这种形式。因为具有人格化和戏剧化特征，场面感和真实感也就比较适合网络传播。

但不能重点依赖成千上万的外卖小哥，也是实情。首先因为外卖小哥的本职是跑外卖，分秒必争，只管本行，对于餐厅商家的认知只能是从个人感官出发的。很脏的容易看得出来，卫生的就未必看法统一了。如果以全新餐厅为对比的话，那么"没有一家干净"的结论也是很容易得到的。一家餐厅只要开始运作，污水、菜渣、油烟、垃圾、潲水就会随之而来，大酒楼的后厨和小餐厅的后厨，并没有本质的区别，观感都不会好到哪里去。作为消费者，最后也会陷入非常纠结的状况。这就相当于看一家酒店的评价，3000好评，30差评，30差评都非常具体恶心，那么究竟还选不选？

即使卫生能够肉眼判断大概，但是菜品的口味如何，是不是违规使用食材，有没有执行诸如生熟严格分开、食品保存时效、低温控制、餐具消毒等要求，这都不是旁人能看得过来的。那么制定卫生标准的市场监管部门，就要监督执行情况了。这应该是个专业活，因为评价打分高低，再挂一个卫生等级标识的牌子，都会直接影响商家生意好坏的。监督部门的人手不够，就需要更多的网络技术手段，而外卖员的眼睛也只是参考之一。

作为消费者，除了餐饮成本，时间成本也必须考虑，动辄看半小时平台内容再进行下单的决策，那日子也不要过了。至于餐厅同样也完全可以给外卖员101元对其进行"策反"，到时还能信谁？目前明厨亮灶工程在许多地方都在推行，这就是一种提升行业整体水位的办法。商家必须清楚,食安重点投入成本,也会在长远时期获得回报。干净无上限,但也是有底线的。干净就是品牌,同时也就能获得一定的市场美誉度和溢价。

(原载《羊城晚报》2024年9月19日)

# 读书，让我的世界变得美好

◎ 沈俊峰

先说个故事。有很长的一段时间，某人痴迷于看手机，坐着看，躺着看，半夜看，醒来看，甚至吃饭时也看，看得废寝忘食、天昏地暗，有时还忘记买菜做饭，忘记早锻炼。更可恨的是，该同志还一个劲地抱怨自己的视力越来越差。我问："你在看什么？"答曰："一部小说。""多少字？""一百多万字。""有营养吗？""没有，就是一个离奇故事。""那你看它做什么？""打发时间。"

真让人哭笑不得。人生百年，时间就是生命，"打发"时间，这不是浪费生命吗？有人说，生命本身没有意义，要想尽办法让它变得有意义，只是如此"无益"而"损己"的阅读，就有意义吗？读书，如果不能让我的世界变得美好，还读它做甚。

最初喜欢读书，是求知欲使然，对这个世界充满好奇和热情。不幸的是，我在渴望读书的年龄，却无书可读。后来有书读，有了许多书，我却过了读书的最佳年龄段，再难有那种如饥似渴的酣畅淋漓的感觉。就像种庄稼，人生也有春夏秋冬，误过一时，就会耽误一生。对于读书，我是先天营养不良，一直是面黄肌瘦、细胳膊细腿，在后来的创作中，缺少动力的源泉存贮。唯一让我欣慰的，是养成了读书的习惯。

谈读书，是让我惭愧的事，因为没读过什么书。从前零星读过一些，不得法，没做笔记，没记心得，读得不深不精，没有读"破"。时间一长，像有人认为的记忆只有七秒的鱼，那些书的内容如流水一般变得模糊，有的连主人公姓甚名谁都记不准确。有印象的，不过是一些动人的细节，或者有人提起时，会唤醒某些沉睡的记忆。不过，应该也没有白读，就像太阳、肥料和水对植物的营养，也看不见，对吧？

许多书是近年再次读的，有恶补的倾向。再次读，心已苍老，站在时间的高端，生发出许多心得和感触，明白许多事理。创作之余，尽可能多读书。写书读书，读书写书，阅读占据了我大部分时间空间，也就不再被其他侵扰。读书，让我的世界变得多彩又纯洁。

看过一幅乞丐在路灯下读书的旧照片，让我心沉无语，灵魂震撼。生活已经过得像身上的破衣烂衫，仍然没有丢掉手中的书。"粗缯大布裹生涯，腹有诗书气自华。"或许，读书就如苏轼所言，外在的所有，难掩内在的气质。这是真正的读书人。读书是修行，潜移默化，自然会留下修行的痕迹。有的人被说成"书呆子"，或许是这个人把书读死了，唯书是尊，不能适应世界的千变万化。但是，我以为"书呆子"并没有什么不好，起码守护了一分灵魂的干净，少些市侩气、铜臭味。所谓的"不好"，只是俗世眼中的"不好"。

无书可读的年月一去不返。现在，古今中外的书籍浩如烟海，根本读不过来。生命有限，读书自然需要挑挑拣拣。关键是，像买菜一样，会不会挑拣。

多次被眼花缭乱的推介和广告所迷惑，甚至被一些大奖所迷惑，书买回来，并不是那么精彩，有的味同嚼蜡，不对口味，读不进去，只能束之高阁或卖给收破烂的。有的书没有多少价值，品质不高，甚至错误百出。有的以"事"惑人，连白开水的营养都算不上，就像某人没日没夜在手机上读的那部小说，没有营养，反而累坏读者身体。为打发时间而读书，还不如闭目养神，少耗肝血，滋养身体。我读书有一个原则，这本书价值何在，能给予我什么，如果纯粹是为消磨时间，我会果断丢弃。寸金难买寸光阴，我没有时间可以"消磨"，"消磨"就是浪费。

并不是所有的阅读都是有益的，并不是所有的书都是好书。挑书是一个很不好干的活，挑书本身就是一个人的修养。

读书还是要读经典，在经典中寻觅适合自己的。什么是经典，我只相信时间。时间是最好的读书人，也是最好的挑书人，好的留下，留的时间越长越好，没有价值的就让它湮没。在时间的长河里，经受住考验的书，没有被湮没的书，自然会熠熠生辉，自然有可爱之处。繁华落尽，尽显果实，出水才见两腿泥，危难方显英雄本色。当下也有好书，正走在成为经典的路上，考验的是挑书者的眼光。

我常常羞愧不安，自己写的东西是不是垃圾？如果不能给读者以启示、智慧或力量，不能给读者带来美好，哪怕像一丝灯光照亮幽暗的美好，哪怕只有一线的希望，写作还有什么意义？写作还有什么价值？浪费自己的生命，浪费油墨纸张，也浪费读者的生命。

一位修行多年的师兄对我说，与其无意义地写，不如先去修行。问：什么是修行，答：生活就是修行。我不是天天都在修行吗？你的生活没有明心见性，心被云遮住了。我哑口无言，很长时间没写一个字，害怕累着清洁工。

为生活，为家庭，工作快节奏，心神耗尽，像陀螺一样旋转，像机器人一样奔波，哪有时间读书？这样的生活，我痛彻地经历过。有时候失眠，天亮仍然要出发去工作。那时最大的梦想是能够安静下来读书。

是的，读书需要心沉、心静、心无旁骛，才能读得进去。置身于书的世界，是享受，是深层次的享受。心进不去，是无法感受的。心不在焉，心无所住，妄念纷飞，只能越读越乱，心乱如麻，徒添烦恼。

有一年，单位举办世界读书日征文活动，收到不少征文，还评了奖。让读书成为节日，本身就证明读书的人越来越少，不值得高兴。爱读书的人天天都是读书日，不爱读书的人一年有这么一个节日，也值得高兴，毕竟是一个节日。

（原载《合肥晚报》2024年2月9日）

# 希望书能再薄一点

◎ 丁以绣

很多人感觉，今天的书越出越厚，文章越写越长，表示不理解、不赞同、不满意。有读者抱怨说，有的小说炮制成长篇巨制，几十万几百万字，上中下三册还打不住；有些学术著作动辄二三百页开外，想做到整本书阅读，还真没那份勇气和时间。笔者是出版业媒体从业者，多次被师长和朋友提醒，希望能在媒体上呼吁一下此事，以引起出版业界和文化界朋友的重视。笔者深以为然，也责无旁贷。

经咨询有关书业专家，过去10年，总体看我国出版的社科类图书平均每种近300页，字数约40万；文学类图书平均每种240页左右，字数超过20万。当然，准确数据还需要科学统计，并且图书的不同版本有较大差异，但是厚书现象长期存在。笔者曾对某重要图书奖的获奖图书进行过统计，发现第一届有17种为4册以上，占比28.33%；最近一届为29种，占比50%。同期，套书占比由三分之一上升到一半。几次统计确认后放下笔，笔者为这个"正向增长"的数字差点惊掉了下巴。

书越出越厚，有什么不好？

首先是图书的含金量容易稀释，产生"注水"问题。读者掏钱买"注水书"，实际与被"谋财害命"无异。其次是读者的流失。图书即便内容充实，也可追求"大道从简"。在信息高度发达的今天，时间是最稀缺的资源，内容黏不住眼球，你就会与读者错过。还有就是有悖绿色发展理念，劳民伤财。仅说出版各环节，从编辑到印制、发行，从纸张到油墨、库房等投入，书厚一分，就要多付出不少的人力、物力、财力。再有就是助长了虚浮之风，败坏了社会风气，以为只要书厚一点、字多一点、文长一点，就是有文化有学问。最关键的还在于，网络时代受众阅读习惯已经发生了重大变化，并仍在演进深化，图书如果不多方谋划提高品质，失去了读者和市场，书的生命就没有形成"闭环"，它的价值就没有体现，还是一个半成品，甚至是残次品。

今天的厚书之流弊，究其根本，是多重原因造成的。有的是对钱看得过重，书厚点，定价可以高点，出版社利润可多点，作者也可多点稿费。还有就是写书人某种思想观念在作怪，觉得书厚代表有学问，少有顾及学理是否坚实、表达是否优美、读者认可与否。甚至还有单位规定，评职称时学术著作字数少于20万字的不算学术成果，真是匪夷所思了。还有一些图书榜单、阅读推荐、评奖活动对小书薄书另眼看待，助长了厚书长文的不良风气。

其实，精品不看图书的厚薄，力作不论文章的长短，古今中外，例证无数。名著的不同版本，字数各异，这里仅举几例"大家小书"的某版本情况。如鲁迅《中国小说史略》乃中国古代小说研究的开山之作，可说是"一空依傍，自铸伟词"，14万字。费孝通《江村经济》，被誉为"人类学实地调查和理论工作发展中的一个里程碑"，21万字。李泽厚《美的历程》，被冯友兰评价为"它是一部大书，是一部中国美学和美术史，一部中国文学史，一部中国哲学史，一部中国文化史。这些不同的部门，你讲通了。死的历史，你讲活了"，16万字。再比如，毛泽东《论持久战》《矛盾论》《实践论》，哪一本不是短小篇章，也是传世巨著，更是改变中国的雄文，字数分别为5.6万、3万、1.1万。当然，图书厚薄不能一概而论，厚书也有许多巨著，中意的书就怕很快看完了。但是更多的有思想创新价值的图书可能就是小制作，毕竟，为人类知识宝库贡献一点创新的内容是极其困难的事。

书厚文长，是一个老问题。20世纪40年代胡乔木撰文发出"短些，再短些！"的呼吁，影响极大，直至今天仍有重大教益。党的十八大后，党中央制定八项规定及实施细则，在党内对"短"新闻作出制度性安排。有的重要新闻奖评选向短文倾斜。文风就是党风，就是政风，也是社会风气。出版作风应该将党的优良作风传承下去。

为了赢得读者，赢得市场，今天的文章可以短些，再短些，图书可以薄些，再薄些。希望大家都将这个问题重视起来。

（原载《中国新闻出版广电报》2023年12月8日）

# 与常识斗争

◎ 贝小戎

新年前夕,我们一帮同学和两位退休教授一起聚餐,一位老师说他有高血压,本来是不该喝酒的——他测过,饮酒之后血压肯定会升高。想想这好像是常识:酒会进入我们的血液,流到全身各处,直冲脑门。但也有专家说,刚开始饮酒的两小时内,血管扩张,血压会降低,但是4到5小时后,血管重新收缩,血压出现反弹性增高。这么说来,那位老师如果自己在家喝酒,然后马上测血压,是不会看到血压升高的,如果在外面喝酒较久再回去,血压才是高的。所以教授关于饮酒的常识也不一定正确。

我们经常说"时光飞逝",这种常识也是不科学的。意大利物理学家卡洛·罗韦利说:"爱因斯坦说,'过去、现在和未来之间的分别只不过是持久而顽固的幻觉'。假如存在一种超感觉的生物,那么对它来说,就不存在时间的流逝,宇宙会是没有过去、现在、未来之分的一整块。但是,由于我们意识的局限性,我们只能看到一幅模糊的世界图景,并栖居于时间之中。"

我们用常识就能解决绝大多数问题,不等于就不需要科学、不需要专家了。哥伦比亚大学教授邓肯·瓦茨在《反常识》一书中说:我们倾向于用常识来理解问题,是因为这样可以把日常生活分割成诸多小问题,它们情况各异,所以我们可以各个击破。

"当我们读报纸,试着理解国际争端这样的大事时,就会在不知不觉中利用常识推理来推断事情的来龙去脉。"

但常识在本质上是碎片化的、不一致的,有时甚至自相矛盾。很多管理学家指出,无论战略投资、并购,还是营销活动,企业的计划经常失败。"这些失败案例无一不是一小拨人坐在会议室里,凭他们自己的常识来预测、规划或操纵数千甚至数百万人的行为导致的。"

我们以为有些公司的总裁是商业天才,对经济趋势有预见能力,这些都被视为领导力。但哈佛商学院教授拉凯什·库拉纳说,公司的业绩很少受CEO行为的影响,更多的是由行业总体情况或整体经济环境等个人领导者无法控制的外部因素所决定的。"传统的成功解释之所以基于领导者的带领作用,是因为如果不借助这样一个人,我们就无法直观地理解一个复杂庞大的实体究竟是如何运作的。"

我们的常识是经验论的、个体化的,科学则是理性、严谨、经过科学家集体验证的。美国心理学家安德鲁·斯托曼在《迷人的误解》一书中说,我们关于世界的直觉往往是错的,一些人相信"未经消毒的牛奶味道更好、生牛奶比消过毒的牛奶更有营养",因为巴氏灭菌法是违背直觉的,甚至病原菌的存在本身也是违背直觉的。除了牛奶,还有很多食品在送上货架前经过巴氏灭菌法(或其他高温消毒手段)处理,比如啤酒、红酒、果汁、水果罐头和蔬菜等。可有些人就是觉得牛奶是一种特殊的食品。

再比如,直觉告诉我们,反复烧开的水不健康,曾经沸腾的水再烧开好像就不新鲜了；而另一个常识是，物质不灭，水一直在循环，我们喝的水都很古老。

（原载《三联生活周刊》2024年第1期）

# 认知努力有什么用

◎ 苗　炜

下班的时候，坐在车上或者地铁上，你是无意识地玩手机，眯着眼睛发呆，还是在看一篇讲心理学的文章呢？到家吃完饭，你是喜欢追剧，还是浏览社交媒体，还是玩一个策略游戏呢？有些人有一种"认知努力"的偏好，就像有些人喜欢锻炼肌肉一样，他们喜欢锻炼自己的思考能力，比如喜欢玩数独、喜欢猜谜，或者喜欢心理学、喜欢数学，根据涉及不同程度的认知努力——花费的时间，投入问题的难度，人与人之间表现出一种认知需求上的隐秘差异。你可以把它想象成一个光谱，一端是尽力做最低限度的思考，另一端是像健美运动员锻炼肌肉那样锻炼自己的思考。

最近有一个纪录片叫《解释鸿沟》，你可以从中看到哲学家和哲学专业的学生是怎么锻炼自己的认知的，相比较而言，我们看看这样的片子，也算是在锻炼自己的认知了。我们不是把"认知"当成一种职业，而是一种休闲活动，"认知努力"是一种心理特征，也可以通过问卷来评估，比如说，"你更喜欢复杂的而不是简单的问题""你愿意更努力地思考"，你可以从1分到9分来评估。有些人就是对认知有更高的需求，他们不那么容易沮丧，不那么疲惫，更自信。但并不一定更聪明，他们享受学习和解决问题的过程。

德国德累斯顿理工大学心理学系认知情感神经科学的几位研究人员，最近发布了认知需求和幸福感之间的关系，其中有令人鼓舞的迹象，也有一点警示。从积极的方面来说，寻求和享受认知挑战的人在许多方面自我感觉更好。许多人倾向于陷入重复的、往往是消极的心理循环中，但认知努力的人更有可能将他们的想法引向解决问题，以更健康的方式反思他们的经历。这种趋势导致更稳定的自我意识，他们在各种环境下的焦虑程度更低，对社交互动更有信心。当一个具有"认知努力"特质的人面临一项非常苛刻、时间敏感的任务时，他们可能会特别有动力思考如何降低他们的压力水平，例如确定优先级，将情况评估为增长的机会。目标导向启动了积极的应对形式，这反过来又增加了积极结果的可能性。

喜欢思考就一定能解决问题吗？研究人员说，如果你经历过理性思考帮助你解决问题的情况，那么你将来更有可能这样做。随着时间的推移，你会将认知努力与有用的解决方案联系起来。每次解决问题都会变得更容易，也更快乐。

然而，喜欢思考的人往往容易产生虚假的安全感。喜欢思考的人可能会吸收知识，甚至对自己解决问题的能力充满信心——但实际上可能什么都不做。

话虽如此，德累斯顿理工大学的研究人员认为，认知努力还是一个非常积极的特质。如果你不回避努力思考，你可能会更有动力获得知识，思考问题，找到解决方案，并在生活的许多方面达到更高水平的幸福感。研究人员说，成年人对认知的需求都不同，我们不知道一个人对认知的需求水平是否可以提高，但有证据表明,自我控制和认知努力的偏好可能会相互影响,就是说,你有自制力,你就会在思考上投入更多精力。你在认知上越努力,你的控制力就越强。从这个角度上,我们可以看看那些让我们失去自控力的东西都是什么,它们要毁掉的就是我们的认知努力。

(原载《新民周刊》2024年第24期)

# "磨"与"不磨"的张力

◎ 陈平原

对于读书人来说,应邀在著名大学的毕业典礼上致辞,是很高的荣誉。到目前为止,我只有三次这样难得的机会。第一次,作为教师代表,2010年7月8日在北京大学毕业典礼暨学位授予仪式上致辞;第二次,作为校友代表,2013年6月24日在中山大学毕业典礼暨学位授予仪式上致辞;第三次,也就是今天,2024年6月28日,在汕头大学毕业典礼暨学位授予仪式上致辞。这回以什么名目呢?校方没解释,我自己猜想,应该是学界兼老乡的代表吧。

我是潮汕人,很早就渴望家乡有自己的大学。记得汕头大学初创时,曾到中山大学广而告之,希望我们这些即将毕业的七七级大学生回家乡服务。初闻喜讯,我等潮汕同学均欢欣鼓舞。一转眼,四十多年过去了,我虽多次到汕大讲学或开会,却没有多少实质性的贡献,实在惭愧。

汕大立足南粤,面向世界,眼界远远超越潮汕地区;可作为潮汕人,我还是对这所"自己的大学"倍感亲切。眼看汕大越办越好,平日里只是暗暗欢喜,这回有机会在毕业典礼暨学位授予仪式上致辞,可以把多年埋藏在心底的祝贺与祝福大声说出来,感觉很幸福。

多次出席此类典礼，深知主礼嘉宾那十分钟致辞，须别出心裁才行。太雅或太俗、太虚或太实、太长或太短，都不合适。可要做到"增之一分则太长，减之一分则太短；著粉则太白，施朱则太赤"，难矣哉。虽说"年年岁岁花相似，岁岁年年人不同"，可机智、俏皮、优美或典雅的毕业典礼致辞，因网络及视频的迅速传播，很快就不能再用了。

如何让典礼的真正主角，坐在台下的应届毕业生感觉新鲜，略有收获，而又不影响其喜庆心情，说实话，不容易。辗转反侧多日，我终于找到了突破口，那就是送即将走出校门的同学们一个字，"磨"——磨合、磨蚀、磨砺的"磨"。

以我的经验，所有优秀毕业生——不管本科、硕士还是博士，走出大学校门进入社会后的最大困惑，就是如何磨合。因思想观念、文化价值、工作方式乃至生活习惯的差异，进入新天地后，必定有一个交流、碰撞、包容、认同的过程。跨不过这个门槛，永远与周围环境格格不入，人家不认可你，你自己心里也很难受。可是若过早融入，没有任何心理障碍，一切都很自然，那也不是好事情。毕竟大学不同于社会，象牙塔里讨生活，远离十丈红尘，较多地保留了理想性。比较好的"磨合"过程是，不急不缓，三五年自然过渡，最终达成你中有我、我中有你的局面。

不久前在北大深圳研究生院演讲，被要求为即将踏入社会的学子说几句，于是有了下面这段话："任何人进入社会都必须进行调整，大学只是提供一些理念性的知识，一旦进入社会，你需要重新构建、重新学习、重新出发。进入社会既是一种磨蚀，也是一种磨练。磨蚀是指你的意志会被各种现实利益所折损，在磨练中你会'绝知此事要躬行',这样才能够真正成长起来。"

这里用了两个词,"磨蚀"与"磨练",虽说同属成长的必由之路,其实内涵很不一样。所谓"磨蚀",原本是指风力、流水、波浪和冰川等所携碎屑物对基岩进行的机械磨损。我借用来谈社会风气及生活习俗对刚走出校园的你我的性情及气质的重新塑造。既然是磨损与销蚀,当然是负面的评价。深圳报道引述我的话:"很多人在读书期间会比较理想主义,会有很多对未来的想象,对自己的想象,但是随着时间推移,进入社会以后被逐渐同化,越来越忘记当初的初心,陈平原寄语毕业学生,'不要忘了你曾在校园里面做过的梦'。"

至于磨练与磨砺,意思差不多,都是指在艰难环境中经受锻炼。我喜欢显得古雅的后者,在磨刀石上不断来回摩擦,这是多么形象的比喻呀,不仅古诗文中多有印记,且预兆着日后可能宝剑出鞘,成就一番事业。若如是,此前的所有挫折,就都成了"必要的丧失"。

谈论"磨"的三层意思,还得考虑"磨"与"不磨"之间的巨大张力。因为,人生总得有些坚硬的内核,经得起外部环境的"磨蚀"与"磨砺"。这让我想起与汕头大学渊源颇深的著名学者饶宗颐(1917—2018)。这位潮州乡贤20世纪50年代曾写了一首五律,日后摘出其中一联,不断题写与引用,那就是"万古不磨意,中流自在心"。答记者问时,饶先生称"这里的'万古不磨',就是我们常说的'三不朽'"。可我更愿意将"不磨意"与"自在心"对读,那是一种从容、执着、优雅的生活态度,自有定力与智慧,不因流俗冲击而扭曲变形。毫无疑问,这是很高的精神境界。

由必不可少的"磨合"、九曲十八弯的"磨蚀"、艰难前行的"磨砺",再到那个昂首向天、特立独行的"自在"与"不磨",那是一场艰难的跋涉,也是精神蜕变的过程。

道路当然曲折,但愿前途真的光明,祝福大家!

(原载《羊城晚报》2024年7月25日)

# 婴儿评奖

◎ 戴建业

要想祖国的花朵鲜艳绽放，就必须从源头抓起。备孕、受孕、胎教、营养、出生……每个环节都马虎不得。年轻的父母心力交瘁，爷爷奶奶外公外婆步步小心。

为了给年轻父母以激励，为了给准父母以引导，也为了给育婴统一标准，相关部门决定评选"杰出婴儿奖"。

一石激起千层浪，年轻父母们无不摩拳擦掌，婴儿们则咯咯憨笑，好像也觉得胜券在握。

参选婴儿年龄限定在三个月大，一个月至三个月大的分三个层次，男婴与女婴分开评选。专家们从体重、身高、皮肤、心跳、呼吸、消化、视力、听力、反应、笑容等方面，订立了极为严格的十大标准。评选委员会由各地婴儿专家组成，都是权威，评选标准客观科学，评选过程公开透明，一切都似乎天衣无缝。各地报名站大排长龙，大家都充满了期待。

可一开始评选，专家就争论得面红耳赤，体重、身高、皮肤等争议尚小，视力、听力、反应、笑容等方面，"一千个评委就有一千个哈姆雷特"。专家通过反复讨论，领导又居中协调，好不容易才评出了最终结果。

哪知一经公示，社会立马炸锅。入选的婴儿父母大呼排名不公，落选的婴儿父母更愤愤不平：我家宝宝反应最快，我家宝宝笑容最甜。

唯有改变评选规则，才能平息民怨——婴儿基本条件相同的情况下，先看出生医院的级别，如各省三甲医院、全国十强医院，出生医院相同的情况下，再看接生医生的级别，如初级、中级、高级、主任医师。

刚一改变规则，又引来一阵哄笑：这哪是评选杰出婴儿，分明是评选杰出医院和杰出医生！

评审委员会强势回应说，这是比照"985""211"大学评职评奖的方法：论著在哪级出版社出版，论文由哪级刊物发表，是如今各大学评职评奖的硬杠杠，谁还有闲心去看论著论文本身的优劣呀？

论著就看"出"自何社，论文就看"发"自何刊，婴儿就看"生"自何院，还有比这更公平公正的吗？

于是，众怒全消。

（原载《读书》2024年第4期）

# 风凉何处

◎ 肖复兴

三伏暑天,热汗蒸腾,读钱仲联校注的《剑南诗稿》第四卷,其中一首七律,有这样几句诗,写宋时暑天情景:"风生团扇清无暑,衣覆熏笼润有香。竹屋茆檐得奇趣,不须殿阁咏微凉。"从唐宋到现在,上千年来,如此炎热天气,依然需要风凉解暑,只不过,如今的空调,取代了扇子而已。

此诗下面,有钱仲联先生的一则注释,注释比诗更有意思,方才是放翁所得的"奇趣"。注释引《广卓异记》所记载一则唐朝皇帝的逸事,也关于暑天风凉:"唐文宗夏日与诸学士联句:'人皆苦炎热,我爱夏日长。'柳公权续曰:'薰风自南来,殿阁生微凉。'……文宗独讽公权两句,辞清意足,不可多得,乃令公权题于殿壁。"

《广卓异记》,是宋代一位叫乐史的人编撰的一本笔记。这则逸事虽简单,却将唐文宗和柳公权写得惟妙惟肖,有言有行有诗,还有题写于殿堂墙壁上的书法淋漓,很是生动。唐文宗这个皇帝,和宋徽宗爱作画一样,钟情作诗,尤爱五言。唐文宗当政时,柳公权官居侍书,已经侍奉了文宗前两代皇帝穆宗和敬宗,三朝元老,长居朝中,殷勤侍奉于皇帝身前身后,自然懂得眉眼高低,揣摩得透彻皇帝的心思。皇帝前嘴刚说出上联,他立刻就对出下联。对于一个诗人，这样的文字游戏，当不在话下，关键是要对出皇帝的心思，即皇帝身上痒痒了，你要立刻递上一个玉制的痒痒挠。

看，皇帝说了："人皆苦炎热，我爱夏日长。"

柳公权立刻接上："薰风自南来，殿阁生微凉。"

皇帝吃凉不管酸，大热天的，众人叫苦连天说太热了。他偏说：我就爱夏日，还希望它再长点儿才好呢！整个一个何不食肉糜的主儿。

柳公权的厉害在于，他明明知道，宫内和民间自然大不一样，再热再长的夏日，宫内自有宫女的宫扇不停在摇，还要冰块散凉驱暑。他却要拍皇帝的马屁，说是薰风自来，殿阁生凉。于是，皇帝高兴了，立刻夸他"辞清意足，不可多得"；而且，立刻让他"题于殿壁"。发挥他作为书法家的特长。唐诗多了，辞清意足的多了，未见这句就是不可多得。

皇帝高兴了，就是不可多得。皇帝为什么高兴了？因为柳公权适时适地地递上了痒痒挠。

我们就可以知道，柳公权这个官就是这样当的，而且，就是这样当得如此长久。仅仅会作诗和书法，是远远不够的。

读放翁诗，对柳公权如此之诗与言行，放翁显然是不屑的。解暑的风凉，他只须在竹屋茆檐下，一把扇子就够了。

同样是暑天风凉，皇帝、柳公权和放翁的态度，是这样的大相径庭。来自宫廷殿阁，来自竹屋茆檐，是这样的泾渭分明。暑期天热，是客观，属于自然，即所谓天热中的天，是由老天爷在管着，谁也奈何不得。但风凉却不尽归天管，人亦能为。居庙堂之高，自有宫女和差人等人工制风；处江湖之远，如放翁可以手摇一把扇子即可。

当然，风凉的大小、清爽和质量，是不可同日而语的，所谓夏虫不可语之冰。可见，天热可以一视同仁；风凉却从来难以那么民主平等。"不须殿阁咏微凉"，可以随便咏你的微凉，不须，只是你自己的以为；殿阁咏微凉的柳公权，却是官当得如唐文宗所言夏日一般长，死后获赠"太子太师"称号，了得！放翁却是忧愤成疾，死于山阴乡中，虽有《剑南诗稿》多卷，却未获得皇帝的一枚奖章。

（原载《大公报》2024年8月6日）

# 名人的嘴上功夫

◎ 蒋子龙

俗谚云："虎美在背，人美在嘴。"世间格言、警句大多出自名人之口，即所谓"名人名言"。《论语》就是最好的例证。现实中有本事的人，也大都有一张好嘴，这个"好"字不是说嘴形长得好看，而是指能说会道，有一副伶牙俐齿。因此名人往往也是"名嘴"，人有好智慧、好修为，嘴上才会精彩。还有一个原因，名人练嘴的机会多，他们遭遇过各种各样的境遇，碰到过各种各样的问题，甚至多是难题，时间一长嘴皮子自然就练出来了。功利社会，各色名人繁多，嘴也多种多样，有利口、大嘴、巧嘴、臭嘴、毒舌、贱嘴……

有个著名的段子讲丘吉尔的一张利口。人在愤怒的时候最容易失态，一失态说话就容易走板，作为名人最忌讳的就是失态和说错话。在一次争吵中丘吉尔被激怒了，他的政治对手中有一名能言善辩的女人阿斯特夫人。女人在争吵中似乎可以说一些撒泼狠毒的话，给争论火上浇油："如果我是你夫人，一定会在你的咖啡里放进毒药。"丘吉尔随口应道："如果我是您丈夫，一定会把这杯咖啡喝下去。"这其实不是丘吉尔的口才好，而是他脑子反应快。反噎得那位高贵的夫人无言以对。

名人处在最困难的时候，也最能看出嘴上的功夫。当年美国总统克林顿的性丑闻闹得正不可开交的时候，电视记者当着亿万观众问克林顿夫人希拉里："你为什么不离婚？"这是最难堪最尖锐又最不好回答的问题，有许多影星、歌星、球星，都是在面对这样的发问时不止一次地大骂出口、大打出手，或借口是隐私拒绝回答。而希拉里不急不气，神色庄重地脱口而出："爱让我不能离开！"

这个"爱"是广义的，怎么理解都行，当然也包括对女儿、对家庭乃至对美国的责任，一下子用正理化解了全部尴尬。克林顿在这个问题上对咄咄逼人的记者则采用了自我调侃的口吻："取笑我的话已经被世人说尽了，再也没人能说出什么新鲜的了。"不躲闪、不辩解、不发火，实话实说，软中有硬，给自己解了围，又巧妙地把问题顶了回去，"再也没人能说出什么新鲜的了"！

前拳王霍利菲尔德，不仅拳头厉害，还有一条如簧的巧舌。他在跟英国拳王刘易斯打满12回合的所谓"世纪大战"之后，不等结果出来就在拳台上蹦着脚地高喊："我赢了！我赢了！"这是作秀，表演给拳迷们看，或者还想影响裁判。很快主持人就宣布他输了，他圆乎脸一抹变成长乎脸，随即改口："结果就是结果，即便对结果感到失望，但生活还得继续下去，我也还得去打拳。裁判有权根据自己的看法去判决。"来得多快，立刻给自己找了个台阶，从容而体面地下来了。

还有一种人靠嘴皮子吃饭，为了博得掌声、笑声，难免会或故作惊人之语，甚至为了献媚、哗众取宠，练就一副毒舌，有时难免恶语伤人。"东方网"曾报道，香港有以嘴贱家喻户晓的艺人黄子华，开"栋笃笑"舞台演出之先河，喜欢取笑别人缺陷、捉弄女嘉宾。在主持第23届香港金像奖颁奖典礼时,美女搭档朱茵甫一上台,他就调侃道:"朱小姐,你那个朱是不是母猪的猪呀?"朱茵很生气,又不得不强装笑颜。轮到颁发动作片奖,朱茵问他可知何为动作片,并让他附耳过来,然后抡起胳膊给他一个大耳光,并告诉他:"这就是动作片!"同样有幽默成分,报复了他之前的嘴贱,出了一口恶气。黄子华也只能捂着脸苦笑着接受。

同样也有些名人,一动气就爆粗口,这使他更有名,但并不讨人厌。比如球王马拉多纳,为什么?他真实。而另一个球王贝利,因说话老是一本正经,摆球王架子,作先知状,每有大赛必发预言,而他的预言往往成诅咒,世界上的强队都怕贝利预言自己会赢。他有一副巧舌,却被人视为毒舌,反不招人喜欢。

名人多有一张大嘴,擅长演说,夸夸其谈,就因为无节制地太能说,有时会大丢其丑。与大嘴名人相反,另有一种闷嘴名人,绝不逞口舌之快,还时时刻刻地告诫自己不可把话说得太精彩,太明白。如美国联邦储备委员会的前主席格林斯潘,被誉为是仅次于美国总统的二号人物,甚至还有人说,美国谁当总统都没有关系,只要有格林斯潘就行。他一打喷嚏,全球都要下雨。就是这样一个重要人物,为了不让人们根据他的讲话去决定投资方向或到股市上去押宝,便练就了一种"外星人语",嘟嘟囔囔,含混不清,非常专业,又非常深奥难懂,令美国的银行家们大费脑筋。明明知道他说的是英语,有些单词也听得很清楚,连成了句子就怎么也不明白他要表达什么意思。为此他还险些葬送了自己的幸福,和女友相恋12年,三次求婚都不成,后经旁人点拨女友才明白了他的心意,遂结连理,多年来伉俪情深。

可见,名人并不全是因为嘴而出名的。但名人一般都很会利用自己的嘴。

(原载《中老年时报》2024年5月13日)

# 惜　物

◎ 云　德

　　某些潜移默化中形成的生活方式虽受人诟病，我却往往乐此不疲，很难改变。比如说，在"剩饭有害"之说甚嚣尘上的当下，依然故我地坚持不轻易倒掉；新衣一穿浑身别扭，一件旧夹克衫穿了快20年，领口袖口均已磨出毛边，每年仍会翻出来穿上几次；袜子破了，补一次袜底，总感觉比换一双新袜更耐穿；羊绒衫袖子磨出洞来，不忍心当垃圾处理，捡回来剪掉袖头，变为短袖毛衣，结果成了肩周炎护理的必备物，不小心穿到单位被同事发现，惊讶地认作流行新款式……诸如此类，在家总被老婆骂作没出息，常在谆谆教导后声色俱厉地质问：这么抠门，你能活几辈子？与此相反，在外面碰到乞丐，无论多少舆论质疑他们的真假，十有八九忍不住出手施舍；凡朋友、老乡和同学聚会，每每都会抢着买单；请客吃饭，总是把菜点得比较丰盛，觉得盆干碗净的标准有点寒碜……此时此刻，又常被朋友调侃为死要面子活受罪，改不了山东人穷大方的臭毛病。自个到底算是小气还是大方？心下总是困惑不已，永远掰扯不清楚。

　　认真想来，对己对人的不同标准，二者看似矛盾，实质上却是一体的，无非就是一个敬人惜物的生活态度而已。自我节俭，固有恋旧惜物的成分，更多是个生活习惯问题；待人大方，必是出于礼貌与尊重,稍有破费,最多也不超出物尽其用的良善初衷。

在各种消费品产能接近饱和、物资极大丰富的当下,惜物似乎成了一个冷僻而又过时的字眼。然而,对于我们这代历经饥荒、饿过肚皮的人而言,常怀惜物之意,理应归于不忘本来的初心。如果说在物资匮乏的年月,人们因贫穷而惜物,省吃俭用、节衣缩食,对钱与物的使用极度节省,肯定是一种囊中羞涩的无奈之举;那么,在普遍解决温饱,有了足够的经济支配能力之后,惜物有时不因为贫或富,也无关乎价格,而是出于井涸始晓水之可贵、兵燹而知和平难得的感恩之心,出于对身边所用之物珍视的情缘,此时的节用无疑也就成为道德理性的主动选择。这是良好的生活方式,与抠门、吝啬和小气不可同日而语。我们倡导并坚守惜物本色,无非就是要发扬前人的生存智慧和优良风习,富时不忘穷时忧,凡事以够用为度,少一点穷人乍富的暴发户心态,摒弃那些肆无忌惮挥霍金钱、浪费粮食、斗富摆阔的不良行为,守住"富贵不能淫,贫贱不能移"的处世底线,施而不奢、俭而不吝。

惜物尽管惜的是物,但绝不是物欲至上的商品拜物教,而是对自然和社会的一份沉甸甸的感恩与尊重。天地生万物以养人,这是大自然给予人类的巨大恩赐,没有万物的养育就没有人类的生命,世人理应秉持虔诚的敬畏之心回报这无私的馈赠。我们日常生活中使用的每一件物品,大多是他人辛劳的成果,珍惜且尊重他人的劳动与付出,也是起码的为人之道。半碗残饭、几件陈物、一袭旧衫,每人皆付得出、丢得起,然而,只要想到生产与制作过程中诸多人为之付出的劳作与汗水,我们就没有任何理由和权力不珍惜。作为社会劳动者的一员,尊重他人的劳动,同样也是对于自我的尊重。

有了对大自然的尊重与敬畏,人类才能摆脱对于物的贪欲,真正把惜物升华为一种高尚的道德情怀。大自然固然可以满足人类生存发展的各种需求,但自然资源是极其有限的,而且多数不可再生,不能够无限满足人类的所有欲望。唐人白居易早就断定:"天育物有时,地生财有限,而人之欲无极。"所谓欲壑难填、人心不足蛇吞象就是这个道理。无休止地攫取、挥霍与耗费,竭泽而渔的结果,必然导致资源的严重匮乏。敬畏天地、敬畏苍生,就要珍惜各种自然资源与社会财富,当俭则俭、宁俭勿奢。如果我们能够认真检视且反思一下普遍存在的对自然资源的无节制开采,检视且反思各类楼堂馆所的铺张,检视且反思大量低水平重复建设的无谓浪费,包括国人每年在餐桌上倒掉的接近2亿人一年口粮的食品等,诸如此类触目惊心的事实,难道不足以让一个刚刚从温饱线上走过来的民族感到羞愧?那些图一时之快,既慷国家之慨,又殃及子孙后代的炫富行径,岂不是一种罪过!

这里必须强调,惜物不是提倡禁欲主义,而是善意提醒人们勿失应有的理性与节制,是支持社会可持续发展的长治之策。热情洋溢、理直气壮地追求美好新生活,是我们雷打不动的奋斗目标,这是定而不疑的。但是,高质量的生活并不以山珍海味、胡吃海喝为标志,而是物质与精神的双重满足。既然我们知晓人有贪婪的动物本能,就不该让炽烈的欲望将人性焚毁;人生的幸福不是无止境追求财富的占有,幸福的感觉取决于人的心态,有时做做减法才会发现,真正的幸福恰恰蕴藏在平平淡淡才是真的素朴生活之中。倡导惜物，就是要重新审视人与物的关系，不能把人变成物欲的俘虏、成为拜金主义的奴隶。常言道："凡不能俭于己者，必妄取于人。"现实生活中，我们经常看到，不少人正是从小节的失检开始，发展到在贪赃枉法的大节上失足，虽方式各异、程度不同，但堕落的轨迹却大致相似。只有学会了知足、知止，养成了良好的生活习惯和谨严的行为方式，才能把惜物变成一种惜福之举，变成一种从容的处世态度和生存哲学，在灯红酒绿、纸醉金迷的世俗社会中，自觉抵制各种诱惑，经受住名利的严酷考验，真正做到事能知足意常惬，人到无求品自高。

（原载《文汇报》2024年5月19日）

# 说"虎皮"

◎ 刘荒田

在《金瓶梅》中读到一个笑话:

一个人被虎衔了,他儿子要救他,拿刀去杀那虎。这人在虎口里叫道:"儿子,你省可而的砍,怕砍坏了虎皮。"

细加品味,这推理是差不多成立的,只缺了一环——能不能从虎口把深谋远虑的老爸救出来。即使宝贝儿子是景阳冈的武松,也要经一场生死搏斗;何况武老二侥幸得胜,只因喝醉。然而,老爸罔顾自身生死,思维跳跃,断定儿子一刀下去,老虎必呜呼。进而设想下一步——处理虎尸。骨头拿去泡酒,虎骨木瓜酒能卖好价钱。肉和内脏当然也抢手。这些且不论,他最在乎的是皮。

如何在干倒百兽之王的同时,下刀不损害虎皮,这是技术含量极高的活计。我这外行可定下两条规矩:务必一刀毙命;下刀处极隐蔽。第一条赖于众多因素,时机、判断力、武功和运气。第二条,参照豺狗的掏肛战术,直戳老虎屁股似乎不错。但最好先向善解牛的庖丁咨询。如果有现代科技,现场操作通过视频指导更佳。

如此推论,教我想起一个洋笑话:某机械工程师和心脏外科医生聊天。前者说,任何发动机我都能修理,你动手术却会失手,可见技术不如我。医生只说一句:你修过正在运转的发动机没有?

工程师脸红红地缄口。

面对一只把活人衔在口里的老虎,好汉在旁专心研究往哪里下刀,方确保人不受伤害且获救,又拿到最完美的虎皮,饶你是武松,还没想好,虎口里的谋士已被嚼得差不多了。

笑话归笑话,回到虎皮。即使在女士穿毛皮被视为富贵而不被环保人士碾压的时代,用虎皮做大衣似也不流行,充其量是做帽子、围巾、马甲之类。山大王拿来当地毯或垫在太师椅上,以增威仪,在连环图上见得多。

但在譬喻的语境,"虎皮"说一直热门。鲁迅骂同道者中的伪君子,有一至今被广泛引用的妙语:"拉大旗作虎皮,包着自己,去吓唬别人。""大旗"指某种主义、口号等形而上之物,也可指某人、某团体的"来头",具备欺骗性的都作如是观,"虎皮"在这里,稀罕、华丽、舒适等属性被剔除,只用于外表,负责"吓唬"。这等骗术至今盛行,但"大旗"未必是同一面。

不过,"虎皮"这一名物,被折旧多年,性质变了,由于它的主人(或叫"宿主")老虎已是濒临绝种或业已绝种的动物,它从"可怕"变为"可贵"。如果不怕被环保部门联合公安以破坏生态环境的罪名捉拿,谁亮出虎皮,肯定引起轰动。我们都记得陕西一个极普通的农民兼业余猎人,一度占领舆论高地,成为媒体红人,就因为自称发现了华南虎的踪迹。那是2007年。他凭一张照片骗过陕西省林业厅,不但拿了两万元奖金,还通过收费接受来自全国记者的密集采访,每人200元,赚了一笔。但很快穿帮,照片上的老虎是画的,而所谓在深山所发现的老虎脚印,是用木质模型压出来的。结果获刑两年六个月,缓刑三年。一场围绕老虎的狂欢就此结束。拿周氏骗局和鲁迅的"虎皮"论比较，后者好歹有一块真材实料的"皮货"，前者却靠将一幅绘画放在草丛里，再拍照，稍事加工，让老虎若隐若现。套用鲁迅的警句，这造假功夫可名为：拉画的虎皮作虎皮，包着"什么也没有"，去吓唬别人。

古代的中国笑话，类似"虎皮"，以嘲笑人的极小气的为多，且"可笑性"较高。例如，某人虐待父亲。算命先生替他父子卜卦，对他说：你父亲去世一年，你的忌日就到了。此公从此善待老爸，生怕他归天。

（原载《新民晚报》2024年2月18日）

# 藏匿的日期

◎ 王乾荣

邻居老奶奶为孙子买了一包蜜糕,也没一眼看到生产日期,懒得一找再找,想着既然在货架上,不至于过期吧——年岁大了,老眼昏花,她一般不看日期,既相信厂家,也相信超市。

孙子高高兴兴拿来品尝,把包装袋转了几圈,发现快到保质期了,遂问奶奶咋回事。奶奶实话实说,表示了歉意,说"乖孩子,还没过期,咱也退不了了,抓紧吃吧"。孙子不再说什么,但是兴奋劲儿减去大半。老太太买的是食品,也是爱心,是快乐,却落了这么个结果,心生别扭。说真的,偶尔买个即将到期的食品没什么,人家毕竟没过期,但是被糊弄的感觉,不怎么令人好受。

超市临期食品如何处理?网上给出的答案:一是立即食用。它没说"谁食用",我想一定不是超市员工,而是顾客;上述老太太对孙子说的"抓紧吃吧",即是。二是冷冻保存,没说"保存"以后咋办。三是烹饪加工,做成果酱或果汁——这还是打算出售的吧?是不是在新包装上打一个新的生产日期呢?四是捐赠给慈善机构——是请"被慈善者"短期内把这些东西抓紧吃了吧,只是千万别撑着。五是回收利用,这个我不评论。

"生产日期难找"之事,是长期以来的一个普遍现象,上述老太太的遭遇，只是一例。

很多消费者也许跟笔者一样，有这样的经验，购买食品时即使找到"保质期"，寻寻觅觅，也难以找到"生产日期"——它们往往藏匿在神神秘秘的地方。

比如，打印在塑封口凹凸不平处，或者包装袋侧面边缘，或者字体与包装颜色近似处，或者犄角旮旯，甚至内包装上或必须照明透视方能显示处……厂家如此费尽心机、各显神通，方才弄出了这样的五花八门，累不累呀。

或问：生产日期为什么不打在与保质期相近的显眼部位呢？网上说，一是便于厂家标注，二是提高包装效率。有一点它没提，就是厂家有意无意地忽略了消费者的权益、便利、知情权、健康和幸福感。

《中华人民共和国产品质量法》规定，限期使用的产品，"应当在显著位置清晰地标明生产日期和安全使用期或保质期"。厂家的各种藏匿行径，明摆着是不想让消费者痛痛快快知悉生产日期，以便把即将到期的商品推销出去，赚得最大利润。

为什么这现象今天仍然较为普遍呢？大概率是厂家不遵守相关法律关于"在显著位置""清晰地标明"的规定，却没有受到应有惩罚；大部分消费者遇到难找日期情况，也就不找了拉倒……

食品保质期与广大群众的健康和生命关系最密切，尤其重要。这关乎家事，也关乎国事。是家事，它带给家庭以踏实和温暖；是国事，它是一国法治状况和文明程度的一个标示。

（原载《北京日报》2024年4月30日）

# 谁都有处不来的人

◎ 刘诚龙

中国文学的万人迷是谁?千人里有999人会迷上苏东坡。苏东坡是人类万人迷,缘起苏东坡是人际万能胶,东坡先生自道:"吾上可陪玉皇大帝,下可以陪卑田院乞儿,眼前见天下无一个不好人。"

东坡没有来历不明的傲慢,也没有莫名其妙的自卑,他到哪里,都能与人共处,与诗人吟诗,与酒鬼喝酒,与棋段下棋,与书友谈书,与种田的老头及洗菜的老太,都能蹲下来聊半天。东坡先生到黄州,到惠州,到儋州,都有蛮多工人兄弟、农民朋友,艺术界如文学、书画、音乐舞蹈更不消说。

东坡先生爱开玩笑,一,他开得了玩笑,常常对别人开玩笑,八十岁的张先,娶了十八岁的小妾,东坡写诗开玩笑:十八新娘八十郎,苍苍白发对红妆。鸳鸯被里成双夜,一树梨花压海棠。二,他开得起玩笑,这点很重要,有人只能开别人的玩笑,别人开不起他玩笑,他若玩不笑,没人跟他笑着玩。东坡与佛印,两人常常开玩笑,玩笑开得蛮大,东坡写诗:稽首天中天,毫光照大千。八风吹不动,端坐紫金莲。佛印点评:放屁。东坡马上去找佛印,也不将恨意埋心底,恼不过夜,去撑佛印,佛印笑说:八风吹不动,一屁过江东。呵呵,两人抚掌一笑,继续喝茶,聊天,吟诗,作书,"嗨"得一塌糊涂。

王安石想来，东坡与他有血海深仇。王公改革，虽千万人吾往矣，东坡便是千万人之一，对王公改革，他公开跳将出来，投反对票。王公也不客气，把东坡逐出京都，降他一级两级，官阶是官人命根子，从此萧郎是仇人。王公与东坡不仇，东坡"乌台诗案"发，皇家要割东坡首级，王公站出来：本朝祖宗成法，不斩士大夫，岂有杀东坡之理？后来王安石被弃，落魄南京，情景甚是落寞，鬼都不上门了，东坡去看老领导了，"苏轼今日敢以野服见大丞相"，大丞相答，"礼岂为我辈设哉"，两位政敌即为挚友，相逢一笑泯恩仇，桃花依旧笑春风。

若说王公是君子风，那么，章惇却有些小人味。两人先前是特别要好的朋友，隔三差五，都要一起诗酒风流，隔四差六，都要一起户外郊游。章惇胆大，有回同游高山，章惇踏朽木，攀绝壁，到得悬崖处挥笔大写："苏轼章惇来游。"苏轼见之，胆战心惊，笑着说，"子厚必将杀人"，何故？"能自拼命者，能杀人也。"真朋友嘛，什么话都说嘛，其时其景是："子厚大笑。"章惇杀人不太多，心狠是真的。苏轼与章惇闹翻之后，章惇一朝权在手，便把令来行，大笔一挥，将苏轼贬到惠州。苏轼挨贬挨习惯了，一般人受此打击，常年睡不着，苏轼却是"春睡美"。哦嚯，还没打疼是吧，章惇又挥笔：海南去。

朋友曾经有多好，朋友后来就有多恶。一般人如此，章惇亦如此，苏轼不如此。章惇居心算恶的了。君来处，吾归处，人生何处不相逢。章惇被贬，苏轼回朝，章惇最怕的是，他儿孙将被清算。苏轼恰好站在可以决定他儿子命运的位置上，苏轼仇将恩报，将其儿子保护起来，提携起来："某与丞相定交四十余年，虽中间出处稍异,交情固无所增损也。闻其高年,寄迹海隅,此怀可知。但以往者,更说何益,惟论其未然者而已。"

苏轼跟谁都处得来,跟谁都谈得来,跟谁都扯得起火。不过有一人,苏轼见他就烦,背他还恼,闹过一次小矛盾后,两人不怎么搭腔,搭腔也多是连讽带刺,话不投机,甚至于老死不相往来。这就是程颐。两人同为朝廷命官,不免要打交道。宋朝泰岳司马光仙逝,程颐主持葬礼。那日,苏轼刚刚参加完明堂庆典,又赶来祭奠老领导,程颐挡住,不让苏轼进去:"子于是日,哭则不歌。"意思是,你刚刚参加完庆典,不可以再来参加祭奠,苏轼撑了一句,孔子说过"哭则不歌",孔子没说"歌则不哭"。拜佛可以抽烟不?不可以,抽烟可以拜佛不?可以。苏轼扒开程老夫子,开了他一句玩笑,笑程颐是"煨糟鄙俚叔孙通",笑他是山野里的制礼秀才。"众皆大笑,结怨之端,盖自此始。"

苏轼跟谁都处得来,就是跟程颐尿不到一块儿,酒局上肯定是有我无你,有你无我,朝廷上不得不见面,也是"党道不同,互相非毁",苏轼跟程颐叫上板了,"凡事有疑,必质于伊川。进退人材,二苏疑伊川有力,故极诋之"。苏轼诋人有之,何时极诋过人?他多是跟你闹,闹,闹,闹到临界点就打呵呵,苏轼是不记仇的,有仇不过夜,一夜就消散。跟程颐却真是杠上了,"未尝假以辞色"。苏轼对谁都可能撑,但从来不当"杠精",苏轼见了程颐,苏轼也当"杠精"了。

不就是开了个玩笑吗?顶多算是口舌之争,两人交恶如此,为啥呢?程颐不是坏人,不是恶人,老人家讲礼节,是真讲,不是伪君子,更非真小人。程颐是严肃端重人,从来都是不开玩笑的。有两件事，可见程颐端严。某日，皇上踏春，程颐随扈，皇上看到画桥烟柳，柳丝嫩绿可爱，忍不住摘了一枝，程颐正色："方春发生，不可无故摧拆。"多大事啊，都上纲上线，弄得皇上"掷枝于地，不乐而罢"。第二件事，程颐有哥哥程颢，两人都是理学先生，某日赴朋友宴，主人客气，请来歌妓佐酒，哥哥兴致勃然，程颐拂袖而去。待哥哥回家，程颐兴师问罪去，问座中有妓是怎么回事。他哥哥答："昨日，吾座中有妓，心中无妓；今日，君座中无妓，心中有妓。"程颐就是这样，啥时候都是严守理学，一丝不苟。

苏轼与程颐，削尖脑壳都榫不拢，不是世仇，不是政敌，不是三观冲突，不是利益博弈，若有什么隔阂，那是性情不同。程颐严肃，苏轼活泼，程颐端庄近乎端着，苏轼放任近乎放诞。谁都不是小人，谁都不是坏蛋，谁都不是奸臣，谁都不是恶汉，都算得上是真君子。两人有过矛盾，那些矛盾算什么呢？苏轼跟打击过他的王安石，跟陷害过他的章惇，都能和好如初，何以跟只有言语撑过的程颐如此如同仇敌？仇敌也谈不上，只是不相投吧。小人之交甘若醴，小人之交更苦若胆；君子之交淡若水，君子之交也隔座山。小人与小人扯火不来，君子与君子也未必相处得来。

情敌，论敌，政敌，仇敌，苏轼与程颐都不是，勉强可以称得上性情之敌。道不同不相与谋，性不同不相与投。这个说，谁都有处不来的人，不要想着谁都是朋友，有些人天生做不成朋友。若与某人怎么也相处不来，那就不用相处，程颐做程颐，苏轼做苏轼，谈不上谁对，谈不上谁错，只是处不来。

（原载《羊城晚报》2024年4月25日）

# 心里装几个"我不如"

◎ 陈鲁民

老子说："知人者智，自知者明。"大千世界，芸芸众生，尺有所短，寸有所长，人人都有不如人处，贵在能清醒认识，见贤思齐。

孔子是两不如。孔子的弟子樊迟，向他请教学种庄稼，孔子回答："我不如老农。"樊迟又向孔子请教学种蔬菜，他回答："我不如老菜农。"回答得十分坦诚，毫不遮掩，也并没有使孔子掉价。

刘邦是三不如。《史记·高祖本纪》记，刘邦在总结夺取天下的经验时说："夫运筹帷幄之中，决胜千里之外，吾不如子房；镇国家，抚百姓，给馈饷，不绝粮道，吾不如萧何；连百万之军，战必胜，攻必取，吾不如韩信。"一个封建帝王能有这样的认知水平和襟怀，也算是难能可贵的。

陈蕃是三不如。汉桓帝要提拔名士陈蕃为太尉。陈蕃极力辞让曰："不愆不忘，率由旧章，臣不如太常胡广。齐七政，训五典，臣不如议郎王畅。聪明亮达，文武兼姿，臣不如刑徒李膺。"陈蕃由儿时的眼高于顶，到中年的谦虚内敛，可见其多年修炼之功。

东坡也是三不如。《邂斋闲览》记："苏子瞻尝自言平生有三不如人，谓着棋、饮酒、唱曲也。然三者亦何用如人。"东坡之多才多艺，可谓世所罕见，他居然也有不如人处，多少也算给庸常世人小有慰藉。

陶安是四不如。元至正二十四年（1364），朱元璋称吴王，时值开国之初，欲用刘基、宋濂、章溢、叶琛诸人，问谋士陶安这四个人水平怎么样，陶安答道："我谋略不如刘基，学问不如宋濂，治民之才不如章溢、叶琛。"其谦让精神深得朱元璋赞赏。

鲍叔牙是五不如。他主动向齐桓公推荐管仲为相，说自己有五个不如："宽惠爱民，臣不如管仲；忠义以交好诸侯，臣不如管仲；治国不失权柄，臣不如管仲；制礼仪以示范于四方，臣不如管仲；披甲击鼓，立于军门，使百姓勇气倍增，臣不如管仲。"看来，流传几千年的管鲍之交美谈，还真不是一句空话。

最令人敬重的是顾炎武的十不如。顾炎武一生著述丰厚，与黄宗羲、王夫之并称为明末清初三大儒。但就是这样一个牛人，却在《广师》一文中，直言自己："学究天人，确乎不拔，吾不如王锡阐；读书为己，探赜洞微，吾不如杨雪臣；独精三礼，卓然经师，吾不如张尔岐；萧然物外，自得天机，吾不如傅山；坚苦力学，无师而成，吾不如李容；险阻备尝，与时屈伸，吾不如路安卿；博闻强记，群书之府，吾不如吴任臣；文章尔雅，宅心和厚，吾不如朱彝尊；好学不倦，笃于朋友，吾不如王宏撰；精心六书，信而好古，吾不如张弨。"

人生在世，如果心里能装上几个"我不如"，就会头脑清醒，谦恭低调，就知道山外有山，人外有人。就会学有目标，心有楷模。不论为将为相，为官为民，都能把路走稳，不摔跟头。把人做好，功德圆满。

（原载《今晚报》2024年5月23日）

# 一个"名"字撞弯多少腰

◎ 齐世明

名与利是一对孪生兄弟,有副楹联说得好:"若不撇开终是苦,各自捺住即成名。"上联是凛然告诫("若"字不撇开是"苦"),为名缰利锁,必然苦海无边;下联则提醒人们("各"字封住那一捺即"名"),只有驾驭自我,才能拥有真正的操守。

清人张岱在《陶庵梦忆》自序中更坦陈:"因叹慧业文人,名心难化,正如邯郸梦断,漏尽钟鸣,卢生遗表,犹思摹拓二王,以流传后世。"卢生黄粱梦醒之时还不忘名心,仍想着自己呈上的表,能摹拓二王的书法流传后世。由此可见,"其名根一点,坚固如佛家舍利,劫火猛烈,犹烧之不失也"。

古代贤哲常道,利索难解,名缰难脱。今朝视之,利索便是放得下,而求名、逐名、借名之名心实在难以放下。更重要的是,张岱说的"名心难化",当下染"病"者亦不少。

如此,不难理解,南朝陶弘景有言:"仙人九障,名居一焉。"看看,神仙亦为之犯大难,况芸芸众生?名心之难除,良可慨叹!

古例林林总总。大凡读过张岱《夜航船》的人都知道一士子出糗的事:有同船僧人请问,澹台灭明是一个人,还是两个人?士子答:是两个人。僧又问:尧舜是一人,二人?士子说:自然是一个人。故事中的士子"高谈阔论",无非就是要傍"名士"之

"名"而自抬身价，至于逐"利"么，似乎要求也不高，无非多占点床位睡得舒坦些。未料在满腹经纶的僧人面前出尽洋相。

时至今日，如那士子逐名傍名者大有人在，正所谓"求名心切必作伪，求利心重必趋邪"，一个"名"字撞弯多少腰！非此，不会三省多地争一"圣"故里，拼过了"祖宗"拼"虚"的，争过了正的争邪的，西门庆、潘金莲都成了"香饽饽"！为"名人之后"乃至"名人邻居、乡亲之后"就如此上头，自己能出名当然不惜血本，入《××名人辞典》《××英杰簿》《××功勋册》的邀请函雪片一样寄出，应者云集，花高价买一本粗糙"废纸"值不值？一介草民凭甚资本能立"功勋"成为"英杰"？不考虑，"'名'令智昏"。

当然，如此使出浑身解数以争名人故里，这些地方的官吏往往积极性更高，因为"傍名人"为官爽歪歪咧！由知名度而造政绩，也似乎水到渠成。

"名心难化"，中外皆然。尼采在《尼采的心灵咒语》中写道："在派对上，有人滔滔不绝、妙语连珠，有人身着奇装异服，有人交际广泛，有人自我孤立……大家都想尽办法，只为让自己引人注目。然而，他们打错了如意算盘。因为他们觉得只有自己才是舞台上的演员，而其他人都是看客。"

在如此汹汹的人潮之中，能"引人注目"，似乎跃然于芸芸众生头顶，似乎忒爽忒惬意呢。且慢得意。早在春秋时期，庄子就对此类人予以批判，以"倒置之民"之说警醒社会："丧己于物，失性于俗者，谓之倒置之民。"（《庄子·外篇·缮性》）追逐外物、患得患失而丧失自我，同于世俗、人云亦云而失去本性，这就是本末颠倒、头朝下生活的人。

细释之，倒置本意是颠倒位置、次序或关系的意思，庄子所言"倒置之民"正是痛指此类人等在物质和世俗的影响下，被外在的利益和蛊惑的声音所左右，偏离了朴素的价值观和理性判断，失去了心中的本真，也就失去了应有的人生站位，走到了"原来的位置和方向"之反面。

大千世界，五光十色，但"倒置之民"的身形还是难以掩盖：有的名与实倒置，好有一比，人之一生，真才实学乃真正的主宰，永远占据着主导的地位，如同一家之主，而名和利就像偶来拜访的"宾客"；你曲意逢迎，致喧宾夺主，你没了"主心骨"，往前怎么走？有的精神和物质倒置，尽管富甲一方，脑满肠肥，但精神贫乏，无道德、无信仰、无底线，衣兜里满满的，脑袋里空空的；有的美丑倒置，将假当真、非成是、黑为白，把溜须拍马当作精明能干，把违法乱纪当作有开拓精神；最害人的是德才倒置，虽然有才华、有能力，点子多，但品质败坏，欲望裂变，德不配位……

一个人成为倒置人，注定是很可悲的，像这些本末颠倒、头朝下生活的人，会有什么好果子吃？倘若任由这样一股风气荼毒社会，这样病态恶化的社会，也要劣币驱逐良币，君子远避小人，正气下降，邪气上升，正不压邪，歪风邪气与假丑恶大行其道了吧？

（原载《北京日报》2024年1月30日）

# 从"凿壁偷光"到"专地盗土"

◎ 安立志

"凿壁偷光"是一则古代的励志故事,情节很简单。据《西京杂记》载:"匡衡字稚圭,勤学而无烛。邻居有烛而不逮,衡乃穿壁引其光,以书映光而读之。"这与当今邻居间的"蹭网"有点类似。

匡衡,史有其人。《汉书·匡衡传》曾介绍其身世:"父世农夫,至衡好学,家贫,庸作以供资用,精力过绝人。"靠打工求学的孩子,晚上读书只能在墙上凿个窟窿借邻家的灯光来照明。

功夫不负有心人。匡衡以其经学造诣特别是对《诗经》的精研得到世人认可,并逐步进入官场。应当说他的仕途非常顺利,最终封侯拜相,位极人臣。这是两次机遇带来的。一是被汉室外戚史高邀入幕府。二是受到喜爱"儒术文辞"的汉元帝的赏识。在西汉政坛上,匡衡历宣、元、成三朝,身为朝廷重臣,并无治国理政的真本事,对于国家社稷也无真正贡献。他的长处只在经学,无非"六经注我,我注六经"而已。他为朝廷做的工作,似乎只有《汉书》收录的三篇上疏,其中两篇都是给元帝的。

其一是回答元帝对日蚀、地震与政治得失的垂询。其二是劝谏元帝宠爱傅昭仪母子超过皇后、太子事。建昭三年(前36),他终于登上仕途巅峰,成为当朝宰相与乐成侯,并封"食邑六百户"。匡衡虽身居相位,并无具体的施政理念,他的几篇奏疏,虽引经据典,高谈阔论,大都是正确的空话,无补社稷民生。匡衡是主张"民不争,下不暴,民兴行,众相爱"的,但其政治措施,却大而无当,大而无用,他以"治天下者审所上"为措施,以"崇至仁,匡失俗,易民视"为路径,以为只靠"道德弘于京师,淑问扬乎疆外"这样的浮名虚誉,就可立臻"大化可成,礼让可兴"之化境。这个玩弄嘴皮子、笔杆子的文化官僚,到后期就成了典型的"官油子"。

元帝的宠臣、中书令石显飞扬跋扈,凌虐百僚。匡衡作为当朝宰相,唯唯诺诺,忍气吞声。此时,他早忘了曾上疏元帝的"近忠正,远巧佞,……举异材,开直言"的大义凛然。元帝驾崩之后,他才敢弹劾石显。司隶校尉王尊实在看不下去,于是上疏弹劾匡衡,指责他身居相位,明知石显专权擅势,作威作福,为害天下,却不敢及时奏劾,追究惩罚,反而"阿谀曲从,附下罔上",失去了大臣辅政之义。匡衡惶恐万状,只好"上疏谢罪",并上缴侯相印绶,要求提前病休。一见恩师遭遇政治险滩,刚刚登基的小皇帝马上出手挽留,匡衡才保住了官位。

匡衡驽马恋栈且家教不严。他儿子匡昌已是越骑校尉,竟醉酒杀人,被抓入狱;此时,匡昌之弟及下属竟公然抗法,意欲劫狱。表面上,匡衡有一套高超的治家之道,他曾建言元帝:"家室之道修,则天下之理得……福之兴莫不本乎家室,道之衰莫不始乎阃内。"庙堂之上,大言炎炎,轮到自己头上,却是另一副面孔。于是,他再次上演辞职戏码,又来了一番"免冠徒跣待罪"。成帝对他刚刚赦免,不料更大罪案又东窗事发。

匡衡身为丞相，享受"食邑六百户"的"特供待遇"，封地位于临淮郡僮县乐安乡（在今苏北），共有封地3100顷，南边以闽佰为边界。初元元年（前48），当地有司误把闽佰当成平陵佰，致使匡衡多占土地400顷。建始元年（前32），临淮郡重新丈量，调整边界，把匡衡多占的封地收归国有，并把执行结果上报相府。匡衡却指使亲信，施压地方，欺瞒皇上。临淮郡官府不得已又把已收回的土地退还相府。匡衡贪得无厌，甚至超收了本应上缴国库的1000多石谷子。匡衡胃口很大，在高官厚禄之外，又大量侵吞国家土地。其贪腐行径遭到举报与弹劾，弹劾奏章义正辞严："（匡）衡位三公，辅国政，领计簿，知郡实，正国界，计簿已定而背法制，专地盗土以自益……"匡衡知法犯法，罪行昭彰，事情闹得太大，成帝也不便庇护，只好"可其奏……丞相免为庶人，终于家"。到底留下一条"勿治"的尾巴，虽然一撸到底，只是免官削爵，贬为庶人，不予治罪，到底还是放了他一马。

说来很有意思，匡衡一生，稗史上记有"凿壁偷光"，正史载有"专地盗土"，以"偷光"始，以"盗土"终。少时为读书而"偷光"，其情可悯，其志可嘉。后来的混迹官场，无时不在"偷光"，就是其人生的悲剧了。其"偷"经学之"光"以立身，"偷"权臣之"光"以谋权，"偷"皇帝之"光"以腾达；他以经学混入政界，以权术畅游宦海，以权势谋取私利，只要于己有利，无论"合法"与"非法"，一口通吃，贪得无厌，以致身败名裂，沦为笑谈。

（原载《今晚报》2024年2月26日）

# "我"没有偏旁

◎ 孙道荣

7岁的嘉嘉问我:"我字是什么偏旁?"

他正在学习查字典,恨不得把认识的字都查一遍。可是,"我"这个字,让他犯了难,不知道它的偏旁是什么。我告诉他,"我"是个独体字,没有偏旁,它的部首是"丿"。

恰如其名,独体字是个特立独行的存在,它们都没有偏旁,自成一体,孤独地,也桀骜不驯地,游走于浩渺的汉字世界中。独体字的笔画也很有意思,有的是离散的,每一笔每一画,都互不关联,永不触及,保持着一定的距离,比如"心"字,四个笔画,各居一隅,不远不近,若即若离,既互为厮守,又遥遥相望。人心这东西,还就得像心字一样,远了不亲,太近了,紧密地勾连在一起了,也未必是什么好事,往往徒生矛盾是非。心和心,维持一个适度的距离,反而相处融洽,关系更持久。

也不是所有的独体字,都是这么冷傲,我行我素,老死不相往来,有的独体字是抱成团的,密不可分的,如"人"字,虽只有简单的两个笔画,却紧紧地连在一起,不可分割。人与人的关系也一样,人的社会性决定了没有一个人能完全游离于他人之外,最好的状态是互为支撑,做一个不偏不倚的大写的人。也有的独体字,笔画是互为交叉的,如"夫"字。夫者,匹夫也,擎天承大之人也，是你，是我，也是他，是你中有我，也是我中有你，是抱团在一起顶天立地的汉子。还有的独体字，是既离散，又连接，还交叉，关系复杂，笔画多变，如"无"字，老子说，"万物生于有，有生于无"，一个"无"字，将世事看得通通透透。

老祖宗造的每一个汉字，都蕴藏着大智慧。

"我"没有偏旁，没有陪伴，"我"字因而是孤单的，寂寞的。我如"我"字，生而孤独。你看看，你我他三个字，唯"我"没有偏旁，"你"和"他"，有一个共同的偏旁——人字。那个单人，就是我。而有时候，我却没有你和他。

每一个"我"，都是独立的，也是孤独的。

"长大"这个词，也是独体字，它们也没有偏旁。一个人长大的过程中，一定得到过很多师长的养育、关爱和呵护，这是我们能长大的基础，也是我们的幸运。但是，成长的漫长旅途，又注定是孤单的，只能你自己去努力，自己去长大，没有人能替代你的成长，成长过程中所遭受的艰难、挫折与困厄，也只能你自己去面对、承受和消化，同样没有人能为你分担。当有一天，你能够独自面对这个世界，以及它的每一个挑战，你才是真正长大了。长大，注定了是一个人自己的修行。

及至长大了，为人夫，为人父，我们的肩上，也承担了更多的责任和义务。"丈夫"是独体字，丈夫这个角色，也就像一个独体字一样，既得有满腔的爱，又须能承受一切委屈，既要坚强如钢，又能温柔如风。有苦自己受着，有累自己扛着，有痛自己忍着。为人父后，"父"也是一个独体字，身为父亲，就得承受山一样的重担，山一样的压力。人说，父爱如山，山是伟岸的，却也是孤寂的，而且，有趣的是，它竟然也是个独体字。父与山，这两个独体字，构成了一个男人坚韧的后半生。我若为夫，就当为尔一生，不离不弃，至死不渝；我若为父，定然为汝遮风挡雨，鞍前马后，死而后已。

汉字有数万之众，独体字不足三百，它差不多都是最常用的汉字，但就是这区区三百独体字，构筑了一个奇妙的文字世界，也准确而生动地描述了我们的一生。"人生"是独体字，它让我们明白一个道理，每一条人生道路，都只能靠我们自己行走，一路披荆斩棘，砥砺前行；"未来"也是独体字，它孤独地在远方等待彳亍前行的你。

一个字没有偏旁，就像一个人既没有背景，也没有关系，既没有支撑，也没有依靠，有什么关系，更没什么可怕，这正是"我"这样的独体字的独特标签。"我"是孤独的行者，踽踽而行，只要不迷失，不放弃，每一个"我"，就是独特的神一样的存在。

（原载"中国副刊"公众号2024年7月24日）

# 奢侈起祸

◎ 洪　水

《训俭示康》是司马光写给儿子司马康的家训。

司马光在开篇就写自己一生不喜华靡、节俭直行，接着写当下世风奢侈靡费、事事讲究排场，与宋初大不同，并列举李文靖（李沆）、参政鲁公（鲁宗道）、张文节（张知白）力行节俭等事例来告诫儿子：俭能立名，奢侈起祸。

细读此训，意味深长。司马光告诫的是儿子，警醒的是后人。作为仁宗朝重臣，司马光官至宰相、主持朝政，可始终注重节俭立身。

"王家钻天，司马入地"这句当时在洛阳广为流传的话，说的就是司马光为了解决房屋"夏不避暑，冬不避寒"的问题，在家挖地丈余以避寒暑；而当时同为重臣的王拱辰，宅第豪奢，中堂三层，顶层名朝天阁。

"典地葬妻"的故事更能说明司马光的清廉。妻子因病去世，司马光连买一口薄棺材的钱都没有，只好卖了家里的三顷薄田，买回棺材，薄葬妻子。儿子见母亲辛劳一生，死后如此清寒，痛哭着对父亲说：我们太对不起母亲了。司马光含着泪水回答：我是愧对你母亲的。可这是咱家的家风，这种清俭之风不能断在我手上，你母亲会理解我的。

在封建王朝时代，司马光为什么会如此节俭？答案在《训俭示康》中说得很清楚：君子多欲则贪慕富贵，枉道速祸。小人多欲则多求妄用，败家丧身。

奢侈，必然会有强烈的占有欲。蔡京执掌国政，奢侈无度。一次，蔡家宴请朝臣。厨师进上汤时，有人感叹：鸭舌做汤，真是既鲜美又补养。他的管家翟谦马上挥手示意下人，又给每人端上了一碗鸭舌汤。又有客人戏言：这还不够，能再添一点吗？翟谦回应：喝多少都管够。于是，又给每人添了一碗。一次请客，就杀了3000多只鸭子。可有几条鸭舌是真正吃到肚子里的呢？

史书记载，石崇与王恺争豪，"并穷绮丽，以饰舆服"。武帝（晋武帝）尝以一珊瑚树高三尺许赐恺，崇以铁如意击之，应手而碎。恺既惋惜，声色甚厉。崇乃命左右悉取珊瑚树，有三尺四尺，条干绝世，光彩溢脂者六七枚。恺惘然自失。王恺、石崇斗的是珊瑚，争的是谁更奢豪。

欲壑难填，斗富耍浑，实则自掘坟墓。俗话说，吃不过三餐，眠不过三尺。追求过了头，必然害自己。侈靡之为害也，"其始偶然，继乃常然，久且习为固然，不忘其所必然"。

有了司马光的言传身教，司马康成年后审慎俭素、为官清廉方正，"途之人见其容止，虽不识，皆知为司马氏子也"。

（原载《解放日报》2024年4月2日）

# "万一"与"一万"

◎ 吴四海

10∶9，冠军决赛的赛点，来了。我发球，万万没想到，对手接发侧身攻直线，我艰难地正手防回一板。对手又攻我反手，艰苦地挡一板。怎料，对手继续侧身攻我反手，再坚持捞回一板。谁料，对手还是侧身突击正手，我不得不退台，坚守住。对手推一板中路，我迎前，将球推到对方左路底线，坚定地。久攻不下，对手推一板过渡球到我反手位。此刻，我已站稳脚跟，看准时机，坚决一板，强推直线——夺冠！

如果、万一，我不推直线呢？

从艰难艰苦，到坚持坚决，这短兵相接的制胜一球，对峙时间，短短十秒，却像是概括和浓缩了为筹办这场"老有所乐、老有腔调——五湖四海杯上海老友乒乓赛"付出的所有艰辛，又像是为赛事、为自己打上了一个完满的惊叹号！偏偏，这制胜一推，出现在从预赛到淘汰赛直到决赛最终赛点的关键时刻。是天意？

电光石火中，争长竞短，几何光阴？蜗牛角上，较论雌雄，许大世界？一次东京、一次上海，我一年夺两冠。幸运也好，实力也罢，都发生在自己61岁前后的退休日子里。短短百年人生的光阴世界，到底有几许"万一"与"一万"？

我是在2023年阳春三月赴日夺得东京公开赛60岁组冠军后，

提交乒乓赛的策划方案的。老实说，一个做电视主持的，拿到全日本老年乒乓冠军，已属天方夜谭，一万个不可能。还想策划在重阳敬老节搞一场上海老友乒乓赛，那简直就是异想天开。万一办不好，怎么办？

想方案、写规程；定日期、找球馆；订服装、搞奖品；出报告、走程序；打交道、费口舌……比打比赛，累上千万倍。连赛事会标，都自己设计了。好在，有过5岁"跳楼"大难不死经历的我，上天保佑、峰回路转。有百折不回之真心，才有万变不穷之妙用。关键时刻，徐寅生老先生发来一条"锲而不舍"的微信和亲笔题写"五湖四海杯"的威力，恰似"一万"个能量，轻松碾压了"万一"可能引起的犹豫和退缩。"上海，本就是海纳百川，来自五湖四海。大心胸大格局，这赛事，就叫：五湖四海杯！"片言只语，足见万古圣贤之心。不止一次，我从徐老身上感受到这种"惊涛骇浪一沙鸥"的气场——若无其事、风轻云淡。要不然，那著名的"十二大板"，怎么能扛下来而名垂青史、流芳百世呢！如果，万一？

"想成功，先发疯，不顾一切向前冲"，电影《孤注一掷》里有这么一句炸裂台词。对于年过60岁的退休"老人"，省省吧，该颐养天年了。有必要向前冲吗，万一你向前冲摔倒了，一家人跟着你发疯，怎么办？呵呵，似乎年老了，什么都别想、什么都别动，"不怕一万，只怕万一"，才是颠扑不破的真理。难道，生命的终点，不是四肢无力半身不遂就是卧床不起鼻管尿管？看看生活中活得通透的老人，往往"走"的时候，不拖泥带水，也不拖累家人。而那些患得患失、疑神疑鬼，老是害怕"万一"的人，偏偏"万一"丛生、麻烦不断。

谁杂念"万一",万一就会不念而至。谁专心"一万",一万就会心想事成。

记得有一个"一万小时理论"。意思是,任何事情,只要能坚持做到一万小时,一定能成功、一定会幸运。一心专用之人,自然会把由"万一"生成的不幸因素转化为"一万"个实实在在的小确幸,甚至转祸为福、起死回生。人心一真,金石可贯——识此,可以超物累,可以乐天机。谁,认识得越早,就越幸福。

老,是一个很好的字眼。除了年岁老之外,还有几层意思:总是、老实和非常、很是。凡事,不论巨细大小,一直老是坚持坚定地认真去做,一定会有老好的生活、老精彩的日子。童叟无欺,男女通用。待到水到渠成,瓜熟蒂落,得"一万"者,一任天机得天意。天地不能转动我,鬼神不能役使我。"老有所乐、老有腔调",自在其中。

人,不能为"万一"活着,要为"一万"生活!

(原载《新民晚报》2023年12月17日)

# 井蛙共振

◎ 蓬　山

与"信息茧房""孤岛效应""数字鸿沟"等相联系的,是"井蛙共振"。井蛙不可以语于海,夏虫不可以语于冰,曲士不可以语于道。"井蛙",当然不是个好词。

多年前,人们津津乐道于互联网抹平了各种壁垒,让世界变得越来越平,诸如"网络冲浪""信息高速公路"之类的词,就映射着人们策马奔腾般的豪情与好奇。但随着网络技术飞速发展,信息过载的疲惫也随之而来。

此时,网络就像一位"和蔼可亲"的 Big Brother 一样,深刻注视你,窥探你的内心。通过越来越智能化的算法推荐,精准推送"投喂",让许多人都沉浸于偏食、偏听、偏信的"过滤气泡"中。有源源不断的悦耳之声,谁还耐烦听那些"刺耳"的东西?对胃口的东西取之不尽,谁还想去尝试其他味道?"茧房"和"孤岛"便形成了。

互联网原本想启迪一些井底之蛙不要再继续坐井观天,能够看看井口之外的世界。然而,井底之蛙却借助网络,找到了更多的同类,彼此打气鼓劲,相互支持肯定,观念和意识愈加板结凝固,愈加偏激极端,共同提高着聒噪声量,根本不愿意去了解井口之外的东西,反而让井口更加狭窄。这就是"井蛙共振",将噪音放大、扩散，具有了越来越强的破坏性力量。

因此，一些极度反智、褊狭的论调，却能不断炒作。动辄要起诉某个作家、打倒某个企业、抹黑某个群体，而且围攻理性讨论，在"共振"中膨胀着存在感和成就感，陷入恶性循环。个中还有某些伪装的"井蛙"煽风点火，收割流量。

潜移默化中，不少人由最初被动地接受推送、筛选，逐渐形成了自我主动过滤、屏蔽。对此，必须保持足够的警惕。三省吾身，拓宽见识视野，提高思辨性思维，保留一条"破茧之路"。

（原载《大公报》2024年4月12日）

# 马和鸭子

◎ 肖　瀚

你愿意和一只"像马一样大的鸭子"搏斗，还是和100匹"像鸭子一样大的马"搏斗？

这是一个无数公司都向求职者提出过的经典问题。

如果你也曾被这样看似无厘头的问题难倒过，可以看一看美国作家威廉·庞德斯通最新出版的作品《如何对付像马一样大的鸭子》。

作者认为，面试者想要的并不是什么"标准答案"，他们真正关心的是求职者如何思考这个问题，以及如何阐明自己的解题思路。据此，他们可以大致判断出求职者的知识结构、思考方式以及擅长的领域，从而为特定岗位招录到更合适的人。

比如，你可以将"马一样大的鸭子"和"鸭子一样大的马"视作比喻，前者代表解决一个大问题，后者代表解决100个小问题。以客服工作为例。客户表达不满是很普遍的事，但大多数人只会抱怨一下，只有很少的人会提出严重的投诉。但作为客服人员，每位客户都需要被认真对待。如果是你，你是更善于处理一位客户的严重投诉，还是安抚100位情绪不佳的客户呢？

又比如，你也可以从字面上来理解这个问题。根据生物学上的"规模变化效应"，任何生物的体重都与其身高的立方成正比，而肌肉和骨骼的强度与其身高的平方成正比。这就是为什么蚂蚁等"小个子"可以举起数倍于自身重量的东西,而"大块头"即便有粗壮的四肢,承重能力也完全不成正比。如果从这个角度看,当一只鸭子等比例放大为马一般大小,其细瘦的腿根本无力支撑起巨大的身体。这样的鸭子别说战斗,恐怕连站起来都费劲。所以,答案只能是前者。

实际上,早年间,用人单位只关心"核心业务问题",对于延展思维能力一点也不在意。首次提出这一问题的是爱迪生。

1876年,托马斯·爱迪生在美国新泽西州门洛公园的一座山脚下建了一家电灯泡厂。有一次一起就餐时,爱迪生偶然提到工厂所在的山上有一棵樱桃树。令他吃惊的是,他的员工完全接不上话。爱迪生据此做了一项调查。他发现,有27名员工,明明6个月来每天都路过这棵樱桃树,却从来没有注意到它。

这件事证实了爱迪生的一个猜想,即很多人根本不关注周围的人和事。发现自己的员工也是如此,彻底激怒了他。爱迪生认为,拥有一双发现的眼睛和拥有足够强大的知识储备一样重要,尤其是对于他们这些以发明创新为业的人来说更是如此。这一信念促使他编撰了一份问卷,分发给那些正向他的公司求职的人。

在一次接受媒体采访时,他还吐槽道:"他们(不关注周边环境的人)会给公司乃至公众造成难以估量的损失。企业应该准备一份小问卷,让求职者参加,这一做法至少可以防止那些极不称职的人通过招录。"

公众显然把爱迪生的这番牢骚当成了信条。仅在1921年5月,

《纽约时报》就针对爱迪生的调查问卷发表了23篇文章和社论。不少企业开始绞尽脑汁设计自己的问卷，各大高等学府和咨询机构的专家也纷纷上阵分析"小问卷"与创造性之间的对应关系。

《如何对付像马一样大的鸭子》的作者在书中直言，爱迪生的调查问卷开启了长达一个世纪的相关研究，但直至今天也没有专家能够给出确定的结论。他认为，无论是当年的小问卷，还是后来颇为流行的性格测试，都存在一定辅助功能，但并不具备定义个人潜质和潜能的能力。

一个极具戏剧性的"实锤"是，有记者拿出当年爱迪生的问卷，请几乎同一时期的物理学家阿尔伯特·爱因斯坦作答，后者居然在一道物理题上出了差错。《纽约时报》兴高采烈地报道说："他（爱因斯坦）也是我们（笨蛋）中的一员。"令这位物理学家出糗的问题是"音速是多少"。爱因斯坦的回答是，他不记得，他没有把这条信息记在脑子里，因为答案很容易在书里找到。

应该说，尽管小问卷的科学性确实充满争议，但其启发性依旧值得关注。尤其是面对当今这个充满不确定性的世界，能否用善于观察的眼睛发现问题、用创造性的思维解决问题，考验的是一个人的综合素质。

某种程度上说，这就是木桶理论在现实生活中的运用。正如一只木桶能装多少水取决于最短的一块板，要让自己的人生更加精彩，补齐短板与拉长长板同样重要。除此以外，培养跳出框架思考问题的能力也不可忽视，比如在桶的短板下方垫上一块砖头，让整个桶倾斜向长板一方。这样做虽然不能从根本上解决问题，但作为救急用的临时方案，也不失为一个可选项。

无论是站在个人成长还是企业发展的角度，寻找到足够多的选项，都是一种未雨绸缪。

（原载《经济日报》2024年2月4日）

# 屋顶的牛，风里的鸡

◎ 潘　敦

别发誓，千万别轻易发誓，尤其是逢年过节各路神明忙得不可开交的时候，你完全没有把握誓言会由何方神圣接收，信息又将受到如何的处理。一九二〇年十二月二十三日，十四岁的莫里斯·萨克斯写了一行日记："快到新年了。我下决心要记好日记，天天写日记。"莫里斯重新打开日记本的时候已经是八年后的六月二十八日了："我说过什么，天天写日记？八年我没有打开过日记本，八年空前绝后的疯狂岁月，八年不得喘息的日子。我做了些什么？玩乐。玩什么？什么都玩。怎么玩？各种玩法。我都不知道怎么讲。太疯狂了！"

真是一个疯狂的年代，战争诱发思潮，和平提供空间。法国作为战胜国应有的虚荣在战后短暂的窘迫时光结束后迅速膨胀。艺术是疯狂的，一九二〇年六千法郎一幅的莫迪里阿尼的油画到一九二六年竟然卖了三十万法郎！投资也好，投机也罢，一夜间大批画廊开张。娱乐是疯狂的，巴黎有三十二家剧院，两百多个各式舞台，六百四十四个公共舞厅，两千家以上的餐厅，整个城市就是一场无眠的笙歌。时尚行业是疯狂的，一位讲究的巴黎女士据说每年要花费五万法郎置装才能保持体面，像夏奈尔这样的时装设计师一年能有上千万法郎的收入。科技发展也是疯狂的，飞机飞上了一万一千米的高空，法国到阿根廷的航线开通。歌剧院大街上只有汽车，看不见一辆马车。埃菲尔铁塔上用灯光打出了汽车制造商雪铁龙的名字。雪铁龙先生善于经营，狂妄，好赌，赌桌上今天输上五百万，明天又赢下七百万，最后输尽家财，潦倒而亡。

莫里斯这本日记的中文版收在三联书店的"文化生活译丛"里，译作《充满幻觉的轻浮时代》，书里记录了从一九一九年到一九二九年十年间巴黎的风流、堂皇、荒诞、糜烂。书的法语原名是 Au Temps du Bœuf sur le Toit，可以直译为"牛上了屋顶的时代"，或者也可译为"'屋顶之牛'的时代"。"屋顶之牛"是疯狂年代里在巴黎开张的众多酒吧之一，更是莫里斯和谷克多、毕加索、鲁宾斯们夜夜沉醉的安乐窝。据说酒吧之所以叫"屋顶之牛"是因为酒吧里常常演奏一首同名的巴西民歌，其实有没有那首歌并无大碍，当繁华和虚华彼此升华，泡沫和泡影期待泡灭，这样的年代里，屋顶上有什么都不算稀奇。

法国人最喜欢的动物不是牛，是高卢雄鸡，那是法兰西共和国的象征。在牛都能跑上屋顶的国度里，鸡飞进风里当然就算不上新闻，"Vol au Vent"是一道诞生于十八世纪的法国传统名菜，字面的意思是"在风中飞翔"。黄油和面压成面皮，层层相叠，中间挖空后烤出酥皮圆盒，煮熟的鸡胸、鸡腿去骨切成小块，再和菌菇一起用奶油白酒汁炖到香醇，装入酥皮圆盒后上桌，酥皮松软，轻柔如风，多汁的鸡肉，在风中舞动。这种传统的法国菜用料不算金贵，工序却是繁复，餐厅嫌它卖不上价钱很少放上菜牌。淮海路上古铜西餐厅的主厨酥皮做得最好，层次丰满，表皮金黄，用羊肚菌代替普通白蘑菇，多一层变化也多一分身价，只可惜酱汁太重，序曲惊艳，尾声艰难。松荫里楼下的 Franck 近来也把这道菜放上了秋季的菜单，酱汁比古铜用得轻盈，只是酥皮的火候略欠。五原路上的酒吧 Senator Salon 把这道菜稍稍改良，瓷碗里装上白汁鸡肉蘑菇，盖上一层黄油酥皮再送进烤箱，酥皮烤到蓬松金黄，鸡肉和蘑菇也焗到滚烫，Senator Salon 的厨房离吧台很近，菜端上来时能看到热气胀得酥皮高低起伏，轻潮微浪，稍稍切开表面，瓷碗里挣脱出一股浓香。

飞翔在风里的鸡不仅于人无碍，还是美味的享受，上了屋顶的牛倒可能是一场灾难。莫里斯在日记里摘录了一段《上比利牛斯山区播种报》上的新闻，看似和巴黎的生活无关，却又仿佛暗示了那个时代巴黎的未来："卡斯泰尔诺-都桑。上星期六，本地区一个牧民，圣梅扎尔先生赶着他的牛群到牧场去，途中有一头牛突然受惊，冲上一个很大的干草垛。草垛的形状像山头，这头牛爬到垛顶，恰好与旁边一座民居的房顶齐高。牛于是又走上房顶。瓦片被它压成碎片，房梁开始摇摇欲坠，牛走到了屋脊。"那是一九二〇年七月十一日的日记，"屋顶之牛"酒吧要到第二年的十二月才开张。

莫里斯的日记写到一九二九年的十月结束，那年九月的日记只有几行，里面有一句是"牛已经从屋顶上下来了"。我很想知道那句译文的法语原文，住在巴黎的白小姐找了本原著拍了那一页的照片给我："Le bœuf, Lassé de faire le pitre, est descend du toit."我向周克希先生请教，他说牛从屋顶上下来之前，先要"厌倦了装疯卖傻"。

厌倦了装疯卖傻的牛从屋顶上下来的时候样子不会好看。十月三十日，莫里斯最后一条日记里说华尔街股市暴跌，掌握着莫里斯和他母亲大部分财产的舅舅在纽约自杀身亡。莫里斯说他唯一应该做的事情是给自己找一份工作，从此肯定再也不会有写日记的时间了。这段话难免让我想起毛姆在《刀锋》描述过的情节：纽约股市崩盘，投资人老马图林先生突发心脏病过世，儿子格雷破产……其实我们都见过牛跑上屋顶的年代，有些已经结束，有些正在进行，只是在牛还没有厌倦装疯卖傻之前，我们很少会想到是牛跑上了屋顶，还以为，那是只像牛一样的气球而已。

（原载《文汇报》2023年12月22日）

# 一匹没有躺平的马

◎ 徐慧芬

每每回想这一幕,耳边总响起一个声音:用生命唤醒生命。

躺椅上不停刷手机的老马,这些日子心里只有一个"烦"字。看了会儿手机,又抬眼瞥了一下对面房间,房门关着,里面也有个不停刷屏的人,是他儿子小马。

就在老马退休离岗的当晚,小马回来告诉父母,他明天也不需要上班了。年前公司裁员裁掉小一半,小马就在这里面。老马也有些想不通,儿子小学到大学都是好学生,工作后也很勤勉努力,凭什么裁员偏偏轮到他呢?但老马是个有涵养的人,不能因为儿子沮丧他也跟着丧气。他鼓励儿子说,你工作了六年,没有跳过槽,说不定这次还是个机会,你试着换换岗位再显身手吧。

在老爸的劝说下,小马开始寻找新单位。但是几个月下来,没有一家单位合小马的意,要么薪水太少,要么专业完全不对口。几圈下来小马疲倦了,有一天晚饭后,他和父母摊牌,累了,不想再找工作了。

老马劝儿子:心不要太高,先找一份工作干起来再说,工资少就少点,总比闲在家里要好,机会总是青睐努力进取的人。老马最后这句话,让小马反唇相讥嘲笑老头子迂腐:我这些年工作不勤奋吗?可是有用吗?

老头子也生气了：你刚三十岁，还没成家立业，就想躺平不干啦？

我是不打算结婚的，小马说。话不要讲得太早，就算你不想结婚，我们也不逼你，但你一个大男人总得自己养活自己吧？老马压下心头火，还是劝导儿子。

小马沉默了会儿，期期艾艾讲起了自己这些天考虑出来的一个设想。小马说，我们工作的目的不就是想要生活得好一点吗？如果换一种活法，不用工作也能活得不差，为啥不可以试试？小马说咱家的这套房子现在可以值一千万元左右，如果把这套房子卖了，搬到郊区去，买套面积差不多大的房子，大约只要二三百万，那么这多出来的七百万存在银行里，利息也够每月的日常开销了……

听到儿子这个主意，老两口一下子呆住了。

这房子是你的吗？你有什么权利让我们卖房子挪窝？老马怒不可遏。你们就我这一个儿子，将来这房子还不是留给我的吗？谁说过一定要留给你？我情愿将来捐掉，也不给懒虫留后路！老马斩钉截铁。

这场对话不欢而散，之后父子两人不再搭话。老伴劝老马，多给儿子点时间想想，不要逼他。

心不在焉刷着手机解闷的老马，突然间被一个视频惊到了，一连看了两遍，忍不住大叫好好好！

第二天他对老伴如此这般关照了一番。老伴说，这能行吗？老马说，试试看吧。饭桌上不见了老马，小马问老妈，老头去哪了？老妈告诉儿子，你乡下堂哥办的养猪场有活干，你爸打工去了。老妈眼泪汪汪地说，老头有风湿病，我也不放心他去，但他说，趁他刚退休还有点力气，多少还能挣点钱贴补家用。

几天后，老马收到小马的一条微信，寥寥数字：回来吧，小马爬起来了。

老马的眼前又出现了这样的画面：一匹陷在泥潭里的马，无力自拔，眼神里充满绝望，等待着生命的终点。几个牧马人走过试图救助，但是未果。最后牧马人唤来了一队马群，近百匹马围着泥潭奋力奔跑，马蹄阵阵，呼啸嘶鸣，犹如战鼓重擂……泥潭中的马开始挣扎，奋起跳跃，一次，两次，三次，倒下又重来，最后高高一跃，终于挣脱了泥潭，获得了新生。老马每每回想这一幕，耳边总响起一个声音：用生命唤醒生命。

（原载《新民晚报》2023年12月30日）

# 敬 笑

◎ 孙贵颂

夜读《围城》，中有一段，是典型的"钱氏幽默"：

今天是几个熟人吃便饭，并且有女人，他（高松年）当然谑浪笑傲，另有适应。汪太太说："我们正在怪你，为什么办学校挑这个鬼地方，人都闷得死的。"

"闷死了我可偿不起命哪！偿旁人的命，我勉强可以。汪太太的命，宝贵得很，我偿不起。汪先生，是不是？"（《围城》，人民文学出版社1980年10月第1版，第235页）上司如此幽默，大家奉公尽职，敬笑两声或一声不等。

敬笑是一种什么样的笑呢？想来是：礼貌性地响应一下吧。因为对方特别是领导，觉得自己的动作和语言或风趣或诙谐或俏皮，自己先自做出了大笑、偷笑、微笑（任选一种）的表情，听众受其感染，也跟着一乐。只是后者所笑，比较生硬、勉强而又矜持，远远没有领笑者那么发自内心，肆意大方，成语"皮笑肉不笑"庶几近之。就像宴会上喝酒，有人一口干净了杯，有人却只润了一下唇。

想想生活中，敬笑的情景俯拾皆是。

比如相声。相声有"说学逗唱"四大技能，而其目的，是为了使大家快乐，可是这个快乐并非易事。有的人笑肌发达，演员一逗，他就大笑，笑成了一朵花；有的人怎么逗他都不笑，好像演员欠着他二百块钱似的；也有的出于礼貌，明明觉得不好笑，但也未尝不可地敬笑一声或两声。

还有敬酒。我有一朋友，几乎滴酒不沾，但他告诉我，有时在酒桌上，也要身不由己地去向别人敬酒。曾经有一次，他因以水冒充向领导敬酒，被人摔了杯子。朋友抱怨道，他那样的敬酒固然不礼貌，但敬酒的人中，真心实意而不是虚与委蛇的，能占多大的比例，恐怕十之一二吧？

鄙人经常在报刊上发点豆腐干（难免也有豆腐渣）的文字，见报之后，忍不住在朋友圈、微信群中炫耀一番。一般而言，都会受到亲戚、挚友、同事、熟人甚至不相识者的点赞。有伸大拇指的，有做鼓掌状的，有留美言的。但我有时发现，朋友圈下方的点赞与文章后面的阅读，常常赞不符读：点赞的人数明显超过了阅读的数字。我猜想，是有的朋友只是做了一个"敬赞"的动作，而忽略了那篇文字的内容。

还有鼓掌，也叫拍手。我有一次去听京城来的著名专家演讲，听众不时爆发出热烈的掌声，甚至他讲得不恰当的地方，因为情绪慷慨激昂，也能听到亢奋的掌声，弄得我莫名其妙。旁边朋友问我："你为什么不鼓掌？"我应一声"嗯嗯"。下一次大家再鼓掌时，就也跟着鼓两下或三下不等。

想起鲁迅散文诗《立论》中讲过的一个故事：一家人家生了一个男孩，合家高兴透顶了。满月的时候，抱出来给客人看。一个说："这孩子将来要发财的。"他于是得到一番感谢。一个说："这孩子将来要做官的。"他于是收回几句恭维。一个说："这孩子将来是要死的。"他于是得到一顿大家合力的痛打。前两个人,都是奉公尽职的敬赞,所谓"许谎",然而主人非但不恼怒,而且愉快地"借您的吉言……"。后一个人,说的是势所必然,却遭群殴,逼得鲁迅只好来了个"阿唷!哈哈!Hehe! he, hehehehe!"。

  人有两面性。就像此时的我,一方面,希望钱锺书先生创造的"敬笑"一词,能够纳入现代汉语之中;另一方面,又希望这种"敬笑"现象,不要过多地出没在我们的日常生活里。

(原载《讽刺与幽默》2024年1月12日)

# 爱人以德

◎ 清风慕竹

北宋时，苏轼以文章闻名天下，连皇帝都成了他的粉丝。治平三年（1066），宋英宗想打破常规，将苏轼直接召入翰林院，委以知制诰的重任。然而他的想法却遭到了宰相韩琦的反对，这令宋英宗大惑不解。

原来，韩琦是个十分爱惜人才的人。嘉祐元年（1056），苏洵带着两个儿子苏轼、苏辙进京赴试，韩琦读到苏轼和苏辙的文章大为赞赏，当即向朝廷极力举荐。第二年，苏轼和苏辙同榜考中进士，然而在将要殿试时，苏辙却意外地病了。殿试是宋仁宗亲自主持的"贤良方正能直言极谏科"的考试，其重要程度和难度都是省试不能比的，苏辙内心的焦急可想而知。不过还有一个人似乎比他更为着急，这个人就是韩琦。为了不让国家损失栋梁之材，韩琦向宋仁宗上书说："今年应试者中，唯苏轼、苏辙声望最高，苏辙却偶然生病，一时无法应试，如果兄弟中一人因此不能参加考试，实在不是众人的期望，所以应当将策试时间推迟，以等苏辙病好。"按照科举制度，考试的时间都是固定的，韩琦为了能让苏氏兄弟共同参加考试，竟然要为他们打破惯例。宋仁宗听从了韩琦的意见，下旨推迟了考试时间，直到苏辙痊愈，这才开考。

严肃的科举考试,韩琦都可以为苏氏兄弟破例,现在宋英宗想破格任用苏轼,却遭到了韩琦的反对,难怪宋英宗无法理解了。对此,韩琦解释说:"苏轼有大才,是会成大器的,将来自然会被朝廷重用。朝廷要培养苏轼,使天下人都仰慕信服他,到那时再重用他,那么人们就不会再有异议。假如现在马上重用苏轼,那么天下人未必由衷信服,反而有害于他。"

登基不久、希望有所作为的宋英宗急需人才的辅助,他又问韩琦说:"知制诰不宜立即委之,任命为修起居注的史官可以吗?"韩琦还是摇头说:"修起居注和知制诰一样是显要职位,也不可骤然任之,可以先让苏轼到史馆兼职,但是按照规矩,这也得考试合格才行。"英宗说:"因为不知道要用的人行不行,才让其参加考试,像苏轼还会不行吗?"韩琦回答说:"正因为如此,所以不能不进行考试。"最终,宋英宗没有拗过韩琦,在通过考试后,苏轼才得以进入史馆。

后来的经历证明了韩琦的远见。苏轼一生仕途坎坷,甚至因为"乌台诗案"差点丢了性命,之所以如此,除了因为他的性格和政见树敌过多外,诚如韩琦所言,苏轼才能太大,皇帝又太爱其才,这招致了不少人的嫉妒,使得苏轼遭遇了太多的诋毁和诬陷,其人生的坎坷也因此在所难免。

多年之后,欧阳修把韩琦反对骤用他的事告诉了苏轼,苏轼听罢十分感动,慨叹说:"古人云,'君子之爱人也以德,细人之爱人也以姑息',韩公待我之心类君子也。"君子爱一个人,就用合乎道德规范的行为去要求他,不偏私、不姑息;而小人爱一个人,则往往会给予无原则的迁就和纵容。韩公待我的心意,真是古君子的"爱人以德"啊!

这样的事,在明朝也曾发生过。

曾任明代内阁首辅的张居正少年成名,人称"江陵才子"。张居正自己也颇为自负,曾作《题竹》一诗说:"绿遍潇湘外,疏林玉露寒。凤毛丛劲节,直上尽头竿。"俨然把自己比为凤毛麟角,要就此直上青云。13岁时,张居正即参加乡试,而且考卷答得相当漂亮。考官们一致同意录为第一,然而时任湖广巡抚的主考官顾璘却考虑再三,对监督考试的御史说:"张居正不是一般的人才,将来一定会对国家作出重大贡献。但是13岁就让他中举,这么早进入官场,将来不过是多一个官场上吟风弄月、舞文弄墨的文人,对国家其实是一种损失。不如趁他现在年龄小,给他一个挫折,让他多经历一些。"就这样,张居正被人为地落榜了。

对于习惯了顺风顺水、到处都是鲜花和掌声的张居正来说,这次落榜是个不小的打击,但这也让他冷静下来,从此不再热衷于各种应酬,而是闭门专心读书。

后来张居正顺利考中了举人,他去拜见顾璘。顾璘坦诚地说:"上次是我没让你中举,这是我的错误。但是,我希望你有大抱负,要做伊尹,做颜渊,不要做少年成名的秀才。"张居正没有辜负顾璘的一片苦心,日后正是他主持了明代历史上最重要的改革。

顾璘成了张居正一生最感激的人,他后来在写给友人的信中说道:"仆自以童幼,岂敢妄意今日,然心感公之知,恩以死报,中心藏之,未尝敢忘。"对于顾璘的恩德,他一辈子都忘不了。

在这个世界上,对人真正的爱护,都带着点儿"绝情"。他们总是在你一帆风顺时给你一些逆风的滋味,在你鲜花簇拥时给你泼上一盆冷水。这不是嫉妒，不是冷漠，而是心存高远、着眼未来，因为他们知道一个人如同带刺的玫瑰一样，只有静生慢长，最终才能艳丽芬芳。这正是爱人以德的本意吧。

（原载《解放日报》2023年11月13日）

# 别让蝉瞧不起

◎ 王惠莲

一千五百年前的刘勰在《文心雕龙·情采》中说了这么一句话:"昔诗人什篇,为情而造文。"自那一百年后的虞世南、二百年后的骆宾王和四百年后的李商隐,用三首流芳百世的咏蝉诗将这一美学观点推到了极致。

其实这三个咏蝉人,哪里是真的咏蝉,他们不过是借咏蝉咏自己。你看,敢犯颜直谏、被唐太宗赞为"有出世之才"的虞世南,有多清高,一句"居高声自远,非是藉秋风",便明明白白地告诉世人:我,虞世南,和不借风而声自远的蝉一样,是一个不依外力,以自身品格立身的人。

而以一篇《讨武曌檄》名扬天下的骆宾王,与仕途顺利的虞世南不同,虽才华横溢,却命运多舛,因而他在《在狱咏蝉》中,咏出"露重飞难进,风多响易沉",这是蝉人合一、与蝉同病相怜的患难之言。

而那个善写无题诗的李商隐,干脆以蝉自况,用"本以高难饱,徒劳恨费声",将蝉的"恨"和自己的不得志两两对照,发了一通己志虽高却不免潦倒的牢骚。

三人同咏蝉,竟咏出了三种不同的人生与蝉情。

那一千多年后的我,仲夏日听蝉,又能听出什么呢?

那日，天热得难耐，因不想下厨，便外出就餐。不料，甫出楼门，劈头盖脸就是一片响彻云霄的刺耳蝉鸣。居然还有人说齐鸣的蝉群是大自然的合唱团。合唱是什么？合唱是一种集体多声部歌唱艺术，音域宽广音色丰富，声音统一和谐悦耳。而蝉鸣呢，单调乏味，听上去除了声嘶力竭，就是力竭声嘶。我就纳了闷了，人家其他鸟叫起来不是关关就是喈喈，好听得不得了，哪像你们蝉，声音尖得耳膜都要被你们刺破了。而且还叫得那么用力那么拼命，你们就不热不渴不累吗？都说你们蝉叫是为了求偶，可你们这情歌也唱得忒难听了，你们到底施了什么魔法，让那些不会鸣叫的雌蝉，一下子爱上了你们，还心甘情愿为你们诞下几百只蝉卵。

据说这些蝉卵要两个月，才能孵化成幼蝉猴，然后从树上掉下来，拣一处软和的地面钻进去，而且一钻就是十七年。这十七年里，靠吸食树根的汁液为生，过着不见太阳不见月亮、不见红花不见绿草的暗无天日的生活。好不容易长大成蝉了，又要挖洞从地底下钻出来，钻出来之后，还要来个"金蝉脱壳"，一边和同类竞争一边防备天敌的威胁，等到爬上了树冠，终于可以对着蓝天白云对着心爱的雌蝉放声歌唱了，却不料上天留给蝉们的寿命只有十五天。于是蝉们顾不上好好享受"蝉生"，就要忙着恋爱、结婚、生子，一直到蝉卵降生，下一个生命循环开始，蝉这一生的使命才算完成。

如果换作是你，十七年不见天日，一朝成蝉，老天却只给你十五天的时间，连圆月亮长啥样都没见过，这辈子就过完了。你说，你能不玩了命地叫吗？

有人说，我们人的出生本身就是一个奇迹。因为从地球上生命的诞生到你的祖先你的父母的相遇，再到那个决定性的瞬间，这期间经历了亿万年的星辰运行和生命演变。有研究者估算，你能来到这个世上的概率大约是40万万亿分之一。

有人打了一个比方，说一个人的出生相当于一只母鸡变异长出了牙齿，正在吃一片四叶草，那四叶草上还落着一片雪花。而你生而为人而不是为猫、为狗、为……的概率比这个比方还要低。况且，我们有没有上辈子，没人知道。我们死后去了哪里，是天堂还是地狱，也没人知道。我们唯一知道的就是我们活着的这辈子，满打满算也就三万六千日，虽然比蝉的寿命长很多，但如果不好好过，还不如一只蝉。至少蝉为了爱，为了下一代拼命地叫了，不管叫得好不好听，都尽了一只蝉的职责。

生而为人，请善用这来之不易的40万万亿分之一。

别让蝉瞧不起。

（原载《羊城晚报》2024年7月4日）

# 不要催

◎ 张　欣

有时候在饭馆里聚餐,菜上得慢,懂美食的朋友就会说,不要催。意思是馒头不能差一口气,蒸鱼不能差一分钟(肉不脱骨)。

真的,凡事不要催。

有时候改稿子比写稿子慢,来回想非常烦,只要一催绝对是情绪爆炸的导火索。幸好我的责编都不催我。

买房买车这种事当然重要,一个家庭的发财计划唯此为大,这都好理解,但是不要催,积累财富有一个过程,要懂得欲速则不达的道理。催,也不是一句话的问题,总是眉头紧锁,黑口黑面就是催命符。

小孩子学习不好,不要催,年长一岁都有程度不同的心智开蒙,没有什么好急的。这个过程便是他的成长过程。

催婚催育就更加大可不必。这种撞运气的事不是催来的,谁不想中彩票对不对?着急归着急,但是也不要催,因为不解决问题。情感专家说,你只有做好了单身的准备才能够碰到合适的另一半。或者在婚姻里也要像单身一样生活。无非都是对自己有要求的意思。一个人,自我强大就不愁没有机会,自己不咋地,破锅还有破锅盖。

这都不是催的事。

名利双收这种事我想了一辈子,最终只明白了一个道理,就是凡事要静心,只有心定了才能坐收渔利。这个当然很难,而且过程超长,感觉永远都等不到的时候才发现自己好像练出了一点心性。人,只要是不着急,谁拿你都没办法,不急不催的心性是一生的护身符。

(原载《新民晚报》2024年9月3日)

# 左太冲

◎ 王 晖

中秋、国庆双节期间,收到砀山朋友寄来的匣装酥梨,削食一只,肉酥汁黏,甜香满口。

砀山素有"梨都"之称,境内梨园连片,约占全县耕地面积百分之五十。梨花盛开时节,去过砀山看花。立在观景楼上,极目望去,四野皆是梨树,树树花放,无边缟白。穿行梨园,周遭枝干古虬,繁花缀满枝头,微风轻拂,碎瓣乱舞,恰似雪花飘飘。闻当地人语,县内梨年产量达三亿公斤左右。

打电话向朋友致谢。朋友实诚,歉疚地说,今年梨子挂果时辰,雨天长,成熟的梨,身上多带黑斑。寄的这梨,是找熟悉的果农逐个挑选的,皮上没黑斑,可吃口感觉还是够不上佳年平常果子品质。于是,朋友感慨,科技发达了,吃果靠天的运命,仍难逆转。最后,他竟略显无奈地劝解起我来,说,将就尝个鲜吧。

朋友的话,提醒了我,好奇地从匣中取出几只梨来,放在桌上,细加端详。这一只只果子,头尖肚圆,外表黄亮,虽无黑斑,遍体却布满麻点,滋味固然丰富,模样实在称不上俊俏。

古人称桂圆为龙眼。白石老人较真,认为葡萄更像龙眼。特于扇面上画一只淡青色玉盘,在盘里卧放一大串紫颜欲滴的葡萄,并沿扇面上缘题字固执辩白:"龙目。龙眼不如葡萄之似,予故以龙目呼之，此自予始。白石。"

《红楼梦》中，贾府门下清客相公均性格鄙陋，举止猥琐，言语无味，名字也必含贬义。对曹雪芹笔下的这层寓意，脂砚斋在批语中曾着力予以阐释。如，詹光，甲戌侧批："妙！盖沾光之意。"单聘仁，甲戌侧批："更妙！盖善于骗人之意。"唯不知何故，对于一眼可识蓄含讥讽的胡斯来，脂砚斋却没有运用谐音会意，点出《红楼梦》作者的命名之趣。

曹雪芹纪念馆研究人员樊志斌，主要从事《红楼梦》和北京史地民俗研究，倒是对胡斯来这个清客的得名，作了极接地气的解释。他说，香山地区有一种水果，叫"胡斯赖"。这种水果是当地人用苹果和槟子嫁接而成，样子非常漂亮，味道却很干涩，只适合在果盘里摆着装样子。他进而点明："曹雪芹给清客取这个名字，寓意他们是外表光鲜，但没什么内在的人。"

左思（约250至约305），字太冲。西晋文学家。其貌丑口讷，不好交游，但辞藻壮丽，才华出众。《世说新语·容止》篇以及刘孝标注引《语林》记载，潘岳容貌美好，风度优雅。年少时，带着弹弓漫步洛阳街头，女子都手拉手围观他；车行于道，连老妇人都着迷，向他车里丢水果，以至鲜果盈车。相貌惭愧的左思，也效仿潘岳去街头招摇，却遭遇妇女乱啐唾液，只得扫兴归巢。陆机从南方来到洛阳，欲著《三都赋》，听说左思正写此赋，拍手而笑，给弟弟陆云去信曰："这里有个粗俗鄙陋的北人，想作《三都赋》。等他写成，我正好用其著作来覆盖酒瓮。"左思十载精心构著，赋出，豪贵之家竞相传阅抄写，以致"洛阳纸贵"。陆机拜读后，自心底折服，遂搁笔。

如果我们仿白石老人的较真，也来给酥梨起个与实相符的别名，并沿袭曹雪芹替清客起名"胡斯来"之笔法，而反其意用之，则不妨称这慧中却不秀外的水果为"左太冲"。

才高一世的左思，生前心心念念欲受洛阳女子赠果，却痛苦莫得。若知百千年后，己字竟被议作水果别名，其失落之心亦当稍获慰藉吧。

（原载《安徽作家》2023年第4期）

# 不可选择的人生

◎ 曲建文

东风夜放花千树,更吹落,星如雨。宝马雕车香满路。凤箫声动,玉壶光转,一夜鱼龙舞。　蛾儿雪柳黄金缕,笑语盈盈暗香去。众里寻他千百度,蓦然回首,那人却在,灯火阑珊处。

一边是令人眼花缭乱的软玉温香;一边是热闹之外的灯火阑珊——辛弃疾写这首《青玉案·元夕》时是怎么个心思?

关于这首词的写作时间,有多种说法:南宋乾道七年(1172),淳熙元年(1174)或二年(1175),淳熙十四年(1187),淳熙九年(1182)至绍熙二年(1191)之间……辛弃疾生于1140年,则1172—1191年,他33—51岁。

绍兴三十一年(1161),金主完颜亮南侵,治下的中原赋役繁重,百姓不堪其苦,纷纷造反。辛弃疾"鸠众二千",参加了耿京的义军,任掌书记。绍兴三十二年(1162),耿京命辛弃疾等人奉表临安。宋廷任耿京为天平军节度使,辛弃疾为右承务郎、天平军掌书记。事后返程至海州(今江苏东海附近),才知耿京被害,凶手张安国等人投降了金朝。辛弃疾即联络海州统制王世隆等五十人夜袭五万大兵的金营,把正与金将酣饮的张安国逮了,献俘行在,震惊了南宋朝野。洪迈说:"壮声英慨,儒士为之兴起,圣天子一见三叹。"于是他被任为江阴签判,时年23岁。

"壮岁旌旗拥万夫，锦襜突骑渡江初。燕兵夜娖银胡䩮，汉箭朝飞金仆姑。"当年一腔豪情，眼见却是在强敌压境之下，歌舞升平，国力日衰。所献《美芹十论》《九议》等战守之策，被束之高阁，只能"却将万字平戎策，换得东家种树书"。这也罢了，一味地聒噪北伐，大概是打扰了权贵们的幸福生活；或者"坐地户"们觉得这个"归正人"抢了自己的风头，便拼了老命地排挤；在他"归正"的四十多年里，竟被弹劾了七次，且罪名一个比一个奇葩。最后一次弹劾，居然是在他去世以后，以至皇帝剥夺了他所有的恩荣。直至南宋将亡，才想起了他，追赠少师，谥号"忠敏"。"死去元知万事空"，一切无可挽回，追赠一车名号顶什么鸟用？甚至五百多年后的康熙皇帝也看不过去，说："君子观弃疾之事，不可谓宋无人矣，特患高宗不能驾驭之耳。使其得周宣王、汉光武，其功业悉止是哉！"（《御批通鉴纲目》）

看中国历史，信奉老庄的大多是对现实无望的人。年轻时的辛弃疾积极"入世"；一再碰壁之后，难免转向老庄。在词中，他故作旷达："元龙老矣，不妨高卧，冰壶凉簟。千古兴亡，百年悲笑，一时登览。"（《水龙吟》）悲愤终归难抑，及至临终仍大呼："杀贼！杀贼！"不知要杀的是外贼还是内贼？撒手西去，竟家无余财。

辛弃疾有两位铁杆朋友：朱熹、陈亮。朱熹说："辛幼安亦是一帅才，但方其纵恣时，更无一人敢道他，略不警策之。及至如今一坐坐了，又更不问着，便如终废。此人做帅，亦有胜他人处，但当明赏罚而用耳。"（《朱子语类》）陈亮说："眼光有梭，足以照映一世之豪。背胛有负，足以荷载四国之重。出其毫末，翻然震动,不知须鬓之既斑,庶几胆力无恐。呼而来,麾而去,无所逃天地之间;挠弗浊,澄弗清,岂自为将相之种。故曰:真鼠枉用,真虎可以不用,而用也者所以为天宠也。"(《辛疾弃画像赞》)与文天祥同举进士、宋亡后绝食而死的谢枋得说:"以此比来,忠义第一人,生不得行其志,没无一人明其心。全躯保妻子之臣,乘时抵瞒之辈,乃苟富贵者,资天下之疑,此朝廷一大过,天地间一大冤,志士仁人所深悲至痛也。公精忠大义,不在张忠献、岳武穆下。"(《宋辛稼轩先生墓记》)

生不逢时,奈何!

回头再来说说"那人"——是谁?

是"历史垃圾时间"里的辛弃疾?

(原载"苏魂"公众号2024年9月5日)

# 换个板凳心地宽

◎ 杨宏国

换个板凳坐,就是站在对方角度,设身处地察其心,推己及人容其怨。

人性里有三个浅眼皮子。把不均当沙子,把比差当浮子,把往事当下酒菜。不患寡而患不均,眼里容不得沙子。相邻相近比差不比好,撞翻了酸水坛子。拿菜下酒,不愿与往事干杯。

从小耳濡目染次方级家长里短、鸡零狗碎。经受过海量负能量的辐射和挤压,心理承受力锻造得异常强大,犹如一只变形的怪兽。

人生就是一场修行,毕生修身、修心、修性。用管理学翻译,修行就是全过程自我严苛管理。管理欲望、管理饮食、管理情绪、管理心态、管理选择、管理目标、管理社交,等等。

能够把傲慢、贪婪、暴食、愤怒、嫉妒、懒惰、淫念关进节制的笼子,循序渐进、循环往复,终将结出人生修行的善果。一个普通人,只要管理好情绪、心态和选择,就会在成功的道路上奔袭。

叔本华说,人生就像钟摆一样,永不停歇在痛苦和无聊之间摆荡。欲念实现不了,痛苦。欲念实现了,无聊。这是人生的常规模式。修行修什么?首先就要修炼痛苦和无聊。给痛苦的果种上更多目标性、指引性、精神性的价值暗示的因，让过程愉悦替代苦厄。给无聊的果种上更多反思性、警示性、自省性的悲悯情绪的因，让瞬间愉悦蓄势待发。

拿刀砍向自己，决策和实施都会异常痛苦。说得难听点，修行就是阉割自己的欲望，让自己清静一些，豁达一些，高远一些。择机而动，学会放下，学会失去，学会失语。

一个人成长，都应该慢慢学思悟透，感恩生活这门哲学给予的无私教诲。学会换位思考，有内省的自觉，有看透的眼力，有不躁的定力。

两个侄儿在家庭群争吵，让我想到了两个板凳。从维护大家庭出发，其实吵吵也无妨。而且两个孩子孝顺、顾家，有一点上进心。从孩子成长的角度，借机提示不要删除聊天记录，让它走进人生课堂，成为个人成长的鲜活教材。

一个有客观原因，一个带主观评价。一个用自己量别人，一个用自己量自己。一个带着旧观点指责，一个执青涩的人生经验教导。一个希望别人理解，一个希望大家监督。

家庭琐事是一团幸福的乱麻，理不理都是忙乱且温馨的。但聊聊成长，还是一个有趣的选题。成长的路上，掌三盏灯前行，定有不期而遇的风景。

用内省的灯照己。知不足，方能有进步。让一些陈旧的观点随风而去。运用正确的方法和观点分析问题，有罪推论、有向推论都会误导结果。少一些主观，多一些客观。更不能要求别人站在你的角度来思考，甚至理解。遇事多从自身找问题、找原因。曾子说，吾日三省吾身。若能做到时时省、事事省，定能打开成长翅膀的开关。

  用明亮的灯照路。有一个瞎子，夜间行路总要手掌一盏明灯，有人不解，既看不见，执灯何用？告之，有亮光则不可被撞。故事很简单，但理很深刻。给别人照亮，就是帮助自己。给人方便，也是给己方便。一次换位，一不小心，就看见一片蔚蓝的天。

  用高塔的灯照来。登高才能望远，观水才能静思。灯塔照见远方，远方有未知的惊喜。人生路上，少一些小聪明、小心思、小伎俩。一眼能看透，自然窥见你的苍白。多一些包容、谅解、付出，这些无限量的委屈，会慢慢撑大你的胸怀，放大你的格局，提升你的境界。人生最后，胸怀就是情怀，格局会成结局。

  换个板凳坐坐，你就是我，我就是你，至少增容一倍。

（原载《行走的村庄》，中国言实出版社2024年版）

# 向宽处行

◎ 张燕峰

晚清名臣左宗棠有一副著名的对联："发上等愿，结中等缘，享下等福；择高处立，就平处坐，向宽处行。"好一个"向宽处行"，蕴藏了多少人生的哲理和智慧，带给人们多少深刻的启迪和感悟！

向宽处行，必先修得一颗宽容心。人生漫漫，长路崎岖多坎坷，遭遇打击、背叛、欺骗和伤害在所难免，修得一颗宽容心尤为重要。何谓宽容？就是宽宏大度，能容人、容事、容言、容过、容得、容失，也能容自己，以一种豁达洒脱的心态去看待得失过往、恩怨是非，事来心应，事去心止。所谓"事来"，就是不论是好事还是坏事，只要遇到都能从容应对；所谓"事去"，就是只要事情发生了，不论好坏、无论悲喜，都让其就此揭过，不做无谓纠结。金庸在《倚天屠龙记》中写道："他强由他强，清风拂山岗。他横任他横，明月照大江。他自狠来他自恶，我自一口真气足。"如果抱着这种达观淡然的心态，一切都可以坦然面对、泰然视之。上善若水，有时柔软、包容，才是真正的坚韧、强大，才能支撑我们走得更远。

向宽处行，除了修心，还要"修路"，做事留有余地，不要把别人逼到死胡同里。老祖宗说得好："得饶人处且饶人。"放过别人,也是放过自己;给别人留一条生路,也是对自己最好的保护。民间有"撵贼"的说法。早年间,经常有小偷在夜色的掩护下光顾富裕之家,主人若发现,只需把小偷惊走即可,即为"撵贼"。撵贼,而非抓贼,就是给贼保留了做人的脸面、做事的退路。试想,如果非要赶尽杀绝,那贼人也定会狗急跳墙,弄不好还会拼个鱼死网破。

往宽处行,小则家庭和睦、邻里和谐,大则上下同心、国泰民安。康熙年间,安徽人张英在京城做官。桐城老家的邻居翻建新房,想占用两家共用的小巷,张英家人不同意,争执不下告到县衙。老家的人写了封加急信,求助在朝廷做官的张英,希望他出面干预此事。张英接到信后,只在回信中写了四句诗:"千里家书只为墙,让他三尺又何妨?万里长城今犹在,不见当年秦始皇。"老家人收到信后,幡然醒悟,主动让出了三尺;邻居被其感化,也让出三尺。"六尺巷"由此得名。

战国时期,蔺相如在"完璧归赵""渑池之会"后连升两级,并且官位在武将廉颇之上。廉颇对此不服,扬言道:"我要是见了他,一定要羞辱他一番。"蔺相如知道后,就有意不与廉颇会面。别人以为蔺相如害怕廉颇,廉颇为此很是得意。可是蔺相如却解释说:"我连秦王都不怕,哪里会怕廉将军?我避开廉将军,是以国事为重,把私人的恩怨丢一边儿了!"此话传到廉颇耳朵里,他羞愧万分,主动到蔺相如府上负荆请罪。自此,两个人结成誓同生死的朋友,也正是因为"将相和",赵国赢得了几十年的平安。

俗话说得好:退一步海阔天空,让一步柳暗花明。当我们以宽和容的胸怀包容别人,以退和让的姿态立身处世,世界也会对我们温柔以待，还我们以脉脉温情。

你若明媚，清风自来；你若宽阔，天地万物无不宽阔。且向宽处行，不仅会让我们获得平静祥和的心境，也会让我们的人生之路更加宽广，畅通无阻。向宽处行，是为人处世的大智慧，更是做人的大格局、大境界！

（原载《河北日报》2024年1月19日）

# 耍官威的洪太尉

◎ 侯讵望

《水浒传》作为中国四大古典名著之一，确实值得反复阅读。最近，再次翻阅，就被第一回的故事触动了思绪，作者的寓意让我大吃一惊。到底作者寓意了什么呢？且听我慢慢道来——

第一回的回目是《张天师祈禳瘟疫　洪太尉误走妖魔》，说的是大宋朝仁宗皇帝嘉祐三年三月，京师瘟疫盛行，民不聊生，伤损军民多多。皇帝虽然采取了诸如大赦天下、减免赋税等措施，但瘟疫非但未为减缓，反而更为"转盛"。天子忧愁，龙体欠安，"复会百官，众皆计议"，认为只有"宣嗣汉天师星夜临朝，就京师禁院修设三千六百分罗大醮，奏闻上帝，可以禳保民间瘟疫"。任务下达给了内外提点殿前太尉洪信，让他前往江西信州龙虎山，搬请张天师赴京祈禳瘟疫。

太尉是个很大的官儿，按照《宋史·职官志》记载："太尉旧在三师下，由唐至宋加重，遂以太尉居太傅之上。"以前是太师、太傅、太保之后才是太尉，到宋朝，太师之后就是太尉，太尉之后是太傅。《水浒》后文中的那个会踢足球的高俅好像也是太尉职衔，可见洪信官儿大了去啦！

这洪太尉一离京城，便官气十足，特别是到了信州，官谱就更大了。书中写到，大小官员出郭迎接，并通知龙虎山上清宫道众接诏，而且次日众官员又送太尉到了龙虎山下。上清宫道众又都下山迎接，这场面可谓排场隆重了。到了道观，因不见天师出来迎接，太尉就有些不悦，问："天师今在何处？"众人赶紧解释，说真人张天师性好清高，倦于迎送，在山顶结一茅庵，修真养性，不住在本宫。于是这太尉就想派人把天师叫下来开诏。大家只好告说，天师能驾雾兴云，踪迹不定，怎么请得来？！大家要太尉志诚斋戒，亲自礼拜。洪太尉看看没有办法，只好独自上山去请见张天师。

后来，洪太尉在登山时，先后遇到了虎、蛇等天师派来考验他的化物，吓得他差点儿把老命都搭进去。直到后来遇到倒骑黄牛的青衣牧童，才知张天师早已驾鹤去京城了。洪太尉这才下山返回上清宫。宫内道众根据他的述说，告诉他那牧童就是张天师，从而证实张天师确实去了京师，这洪太尉才放下心来。公事办罢，终于动了游山的心思。

什么三清殿、九天殿、紫微殿、北极殿、太乙殿、三官殿、驱邪殿，即将结束游览时，太尉发现了一座非常奇怪的殿宇，殿门还贴着数十道封皮，封皮上很多朱印。原来是"伏魔之殿"。陪同参观的住持告说，这个殿是大唐洞玄老祖天师锁镇魔王之殿。每传一代天师，就要亲手添一道封皮，使其子子孙孙，不得妄开。到如今已经有八九代祖师了，从来没有人打开过，连锁都是用铜汁灌铸，谁也不知道里面是啥。

于是，这洪太尉又抖起了官威，非得让道士打开大门。道士不敢违背祖训，表示此门开不得。太尉一听就火了：堂堂朝廷殿前太尉，不如你祖师爷说话顶事儿吗？于是怒道："胡说！你等要妄生怪事，煽惑百姓良民，故意安排这等去处，假称锁镇魔王，显耀你们道术。我读一鉴之书，何曾见锁魔之法！神鬼之道，处隔幽冥，我不信有魔王在内。快疾与我打开，我看魔王如何？"道士苦苦劝说："此殿开不得，恐惹利害，有伤于人。"洪太尉见众人不给他开门，便以权力相威吓："你等不开与我看，回到朝廷，先奏你们众道士阻当（挡）宣诏，违别圣旨，不令我见天师的罪犯；后奏你等私设此殿，假称锁镇魔王，煽惑军民百姓。把你都追了度牒，刺配远恶军州受苦。"道众惧怕太尉权势，只得唤几个火工道人来，先把封皮揭了，用铁锤打开大锁。

这个朝廷来的大官儿洪太尉，为了自己的欲望，滥用手中的权力，不但逼迫道众打开大门，而且逼迫他们扳倒石碑，掘开地穴，放跑了伏魔殿被封印的108个魔君，惹下了泼天的大祸，导致了水泊梁山英雄聚义，搅动得天下大乱。惹出这么一档子大事儿，洪太尉却像没事儿人一般，回到朝廷，他只字不提放走妖魔之事，而且威胁同去的众人不许走漏风声，否则后果自负。

从这一回书我们可以窥见作者的用意：那就是"问题出在下面，根子却在上边"。施耐庵先生通过这一回书，实际上告诉了我们一个历史事实："乱自上作"，过去许多朝代更迭的原因无不如是！官吏的弄权术、耍威风，欺下瞒上的做派，导致了北宋政权的垮台。难道不是吗？英雄豪杰的被逼上梁山，难道不正是最高统治集团不作为、乱作为所导致的结果吗？所以说，这样的政权，这样的"干部"队伍，不出事儿是侥幸，出事儿那是必然！金圣叹当年读此回时批道："天下本无事，游山游出事来。"其实关游山何干，是弄权力、耍官威才惹出事儿来。让我思绪难宁，由此而想到的是：这"潘多拉"的盒子一旦打开，再想要关上可就不是那么容易的事儿了！

（原载《山西市场导报》2024年9月26日）

# "富硒虫草蛋""与辉同行"及其他

◎ 戴美帝

晚饭后跟先生散步,顺路拐进一家菜市场,发现一种打着淡红色"富硒虫草蛋"字样的鸡蛋,品相好,个头大,每颗鸡蛋上还打着"一蛋一码"的编号呢,看上去也挺新鲜的。便买了30颗,尝尝如何。

今晨煮了两颗,蛋黄金黄,蛋清瓷白,"口感"亦不错。

我问先生,那鸡真的吃虫草吗?他笑着说,此"虫草"非彼虫草也,如果真用金贵的冬虫夏草给母鸡做饲料,卖12块8毛钱一斤鸡蛋,那还不赔个底儿掉!他"揣度式"地发挥道,饲养者可能把依山傍水的草坪圈起来养鸡,散养的鸡们,啄虫子,吃嫩草;再找某些机构对这方土地鉴定为"富硒"区域,最多在饲料里添加一些"富硒"谷物,一方水土养一方"鸡",不就产出"富硒虫草蛋"了吗?

是啊,做生意,搞营销,都得"意匠惨淡经营中",花样翻新地创造一些"新概念""新理念""新词汇",不免会搞"假借""谐音""偷梁换柱""瞒天过海"之类的"夸张手法"。比如,20多年前的"广告做得好,不如新飞冰箱好""大宝明天见——大宝天天见"等耳熟能详、出口成诵的经典广告词,多少年过去,世易时移,变化异矣,尽管过去"广告做得好",但现在这些商品还能"天天见"吗？

由此想到，近几天俞敏洪和董宇辉打造的"与辉同行"直播带货，以及前段时间他们几个人搞的"东方甄选"，都"火"出了圈。特别是与文化、文学联姻之后，更产生了几个爆款。据网络媒体报道，在"东方甄选"直播中，董宇辉将迟子建长篇小说《额尔古纳河右岸》带货"带"到了150万册的"新高度"，后续效应更猛。尤其是1月23日，《人民文学》主编施战军，作家梁晓声、蔡崇达做客"与辉同行"直播间，与俞敏洪和董宇辉畅谈"我们的文学之路"，更是将一本纯文学杂志的日营销量做到了"世界顶流"！

据光明网评论员文章评述："这场直播活动累计观看人数895万，最高同时在线70多万人，获得上亿次点赞。当晚八点至十二点，《人民文学》2024年全年订阅在4个小时内卖出了8.26万套，99.2万册，成交金额1785万，销售码洋1983万。这一成绩，已经突破了单品图书在东方甄选直播间销售的单场图书销量最高1000万的纪录。而24日零点过后，依然有读者在陆续下单。"

这可真是"火"到天上啦！

《人民文学》是全中国人民的"文学"，是文学人心目中独一无二的国家级顶刊。我和先生每个月都要从报刊亭购买的几种书刊——《人民文学》《收获》《北京文学》《小说选刊》和《读书》等，《人民文学》排第一位。因而，当长篇小说《额尔古纳河右岸》和国家级顶刊《人民文学》，被老俞和小辉"带"到如此空前火爆，真是由衷地高兴！这两场带货直播，对于当下的文学事业而言——特别是对文学产品、文学报刊以及新闻出版事业来讲，真是天大的福音！它唤起了人们——尤其是青少年对文学的热爱！

就连我那个做生意的亲爱的外甥女,也在追看节目的同时,立马下单订了一整年的《人民文学》杂志!

呵呵,在如今这个时代,居然对文学缪斯还有如此巨大的"回头率","与辉同行"直播带货功不可没!

然而,"与辉同行"直播带货,除了对《人民文学》所产生的直接而巨大的经济效益与社会影响之外,也给《人民文学》杂志社内部和"与辉同行"直播人员,带来了巨大的压力以及动力。我注意到,董宇辉在后续节目中说,他与《人民文学》主编施战军通电话,说读者已经奔向杂志,杂志也要奔向读者,要"双向奔赴"啊!施主编亦立即作出积极回应。

同时,我家先生也说,做书刊,办报纸,如何"双向奔赴",可不是一句话的事情。先生早年做过文学杂志、学术期刊、生活类杂志,还在出版社做过编辑;在报纸的编辑、记者岗位上待的时间更长,既做过编辑、记者,还做过首席评论员、多个部门主任、子报副总编辑以及正报编委,等等等等,故深知做书刊办报纸的难度与苦衷。他说,这次《额尔古纳河右岸》与《人民文学》大卖,不仅给当事方带来丰厚利益与巨大压力,同时也对同行业、同人们产生溢出的"蝴蝶效应",值此传统纸媒与新媒体此消彼长的大环境之下,压力岂止山大!

是这个道理。俗话说:"买卖俩心眼儿。"对于网红直播带货来说,吸粉是需要超燃感染力的,舌绽莲花,妙语迭出,往往形式大于内容,"文胜质则史",吸到的粉不免有些冲动性与裹挟性,未必都是"有效读者"。所以我认为,说千道万,归根结底,做杂志做报纸做书籍,还是好看耐看最要紧——内容才是王道。这就像我们买鸡蛋一样，不管是编码的"富硒虫草蛋"，还是品相好、个头大，最根本的是有营养又好吃。营销文学书刊，与买鸡蛋还不完全一样。俗话说得好："褒贬是买主，喝彩是闲人。""喝彩"还不简单吗？嗷嗷嗷叫几声，那是闲人事业；关键是真正的买主，都会挑挑拣拣，都是要横挑鼻子竖挑眼的！一来是众口难调，如何调？二来是变换口味，怎么变？打造可持续性爆款，必然需要不断的"调"和"变"。当然，各家定位不同，针对的读者也不一样，但是都需要"八仙过海，各显其能"。

不然的话，从前的薇娅、李佳琦等人，也是带货界顶流（虽然与文学无关），现如今什么情况，大家都是晓得的。鲁迅先生曾经作过一场著名的演讲《娜拉走后怎样》，讲的是挪威伟大的剧作家易卜生《玩偶之家》中的主人公——一个美丽少妇娜拉，虽然勇敢地挣脱羁绊离家出走，然而，在自身未作好充分准备，社会亦不具备纯良环境的大背景下，其结果不外乎两个——不是堕落，就是回来。

"回头路"绝不能走！

希望在巨大的"买主"们的不断"褒贬"冲击之下，还有书报刊社的编者、作者们在"山大"的压力之下，通过一番呕心沥血持续"烧脑"的"调"与"变"，从而迸发出强大的生机，真正能够摆脱"圈子化文学"那种自娱自乐、半死不活的窘境，真的能够出现一个百花齐放、繁花似锦的"属于人民"的文学新局面！

真心期待！

（原载"谚云"公众号2024年1月28日）

# 美的智慧

◎ 于 坚

中国的传统，充实之谓美，不美必空虚无物。

如果一个世纪以来，人们的焦虑主要是物的焦虑，那么现在，美的焦虑正在弥漫。

我们时代的焦虑是美的焦虑。乡愁，就是一种美的焦虑。

一到假日，数以亿计的中国人就抛弃他们已经小康、中产的物质世界，潮水般地涌向已经荒凉、越来越遥远的穷乡僻壤、古迹废墟，那些在唐诗宋词中已经赞美了数千年的故乡，昔日陶渊明所谓的"桃花源"。画栋雕梁已不再，回首处，落日苍烟，水泥如雾。

进步，方便，实用，立竿见影（一天等于二十年），高速、漂亮、规范、焕然一新，高大上，有意思，但是不美。

美被普遍地理解为一种装修、整容、象征运动（人为地赋予某种意义、某种价值、某种好处）。例如对成功的象征，何其普遍。新的就是美的，有利的就是美的。美的堕落，美缺席的时代。"天下皆知美之为美，斯恶已；皆知善之为善，斯不善已。"（老子）

中国古典的美乃是大巧若拙，大音希声，道法自然，师法造化。有包浆（时间的痕迹）的东西才是美的。

对有的（意义）无限贪念，导致马克思所谓的"异化"，异化就是美的消亡。

庄子："天地有大美而不言。"道法自然，就是道法大地先验之美。《易经》说："美利天下。"李白："大块假我以文章。"子曰："尽美矣，又尽善也！"美在第一。美才是人的生活，美必好。不美的生活乃是动物性生活。美是一种唯有人才有的德性，美德乃是对物的超越。

"唯有作为审美现象，世界与此在（或世界之此在）才是有理由的。"（尼采）

汉语的"文明"一词，就是通过文（美的表现）照亮人与生俱来的动物性黑暗。"文明以止，人文也。"（《易经》）

美的本质是无。康德所谓"无目的的目的性"，无（道）是无时间的，美是无（道）在时间中的表现。有无相生。只有人知道无这回事。有无相生，生命在阴与阳、有与无之间获得超越性，活泼泼地（王阳明）"物物而不物于物"（庄子），动物只知道有。

子曰："志于道，据于德，依于仁，游于艺。"游于艺就是游于美。道、德、志并非人为的意义、意志。而是人之为人的去蔽、超越。仁者人也。

老子说："生之畜之，生而不有，为而不恃，长而不宰，是谓玄德。"玄德，就是美德。

无德的"宰式"占有乃是动物式的占有，美必消亡。

《易经》说："君子黄中通理，正位居体，美在其中，而畅于四支，发于事业，美之至也。"孟子曰："充实之谓美。"美令人成为君子。不美的世界是动物世界或者唯利是图的小人世界。不美的世界乃是空虚的世界。人最大的危险就是丧失美，丧失对动物性的超越，重返动物性的黑暗无明。

中国世界观是以美为善，不美必不善。

与西方以追求真理为善不同。

所以中国有诗教。诗教就是美教。

"质胜文则野，文胜质则史。文质彬彬，然后君子。"这是美的尺度。

文人乃美之守护者。

海德格尔："美乃是作为无蔽的真理的现身方式。""真理乃通过诗意创造而发生"，"美与真理并非比肩而立。当真理自行设置入作品，它便呈现出来"。

真理的本性乃是自由。修辞立其诚，诚就是自由，诚是无意义的，无意义就是自由。朱熹说："诚者，合内外之道（合内外之道，就是去除意义的遮蔽。意义是外道），便是表里如一，内实如此，外实也如此。""诚是在思上发出，诗人之思皆情性也（情性就是魅力、灵性、灵魂之类。异名同谓）。情性本出于正，岂有假伪得来底。思便是情性，无邪便是正。"子曰："诗三百，一言以蔽之，曰思无邪。"无邪就是无意义，只有无意义，美才向意义（解释）敞开。

不美的事物都是人为，做作。一定要赋予事物一个意思。"天地有大美而不言"，"道法自然"，一旦做作，美马上被遮蔽起来，人为只令美消逝。

（原载《新民晚报》2024年3月29日）

# 鲁迅与"治愈"

◎ 毕飞宇

在手机上,关于文学,或者关于文艺,最为动人的短评也许是这样的:"太美好、太温暖了。"接下来势必就是医学结论——"治愈"。在我看来,这样的短评本身就很动人,天底下还有什么比"治愈"更好的事情呢?没有人不渴望治愈。

老实说,我很久没有读鲁迅了。在我的记忆里,鲁迅没那么多的美好和温暖,读多了,我们不仅不能得到治愈,相反,我们的心窝子会凭空拉出一道血口子。远的不说,就说100年前的那篇《祝福》,祥林嫂一口一个"我真傻","傻"过来"傻"过去,读的人免不了抑郁。都抑郁了,还治愈什么呢?

但是我爱鲁迅。他让人清醒。这就是我每过几年就要读一点鲁迅的根本缘由。还是回到祥林嫂吧,我至今都清楚地记得她的样子。如果我猜得不错的话,每一个读过高中的中国人都能记得祥林嫂的模样:她的头发、她的肤色、她的表情、她的眼神、她的随行物。对,鲁迅只交代了这五个元素。这五个元素决定了祥林嫂的命运,几十个小时之后,她将变成路边的一具冻尸,然后,她就什么都不是了。

事实上,鲁迅还交代了祥林嫂身上的第六个元素,因为老师们不太讲,它就很容易被我们忽略——祥林嫂"手脚都壮大"。是的，祥林嫂有一双大手，还有一双大脚。在我看来，大脚才是祥林嫂身上最为惊心动魄的一个元素。道理一点也不复杂，新文化运动和我们的身体有关。关于身体，新文化运动最大的关切就是中国女性的脚，就是如何把中国女性的金莲变回天足。千百年来，那条漫长的裹脚布是如何戕害中国女性的，已经不用多说了。但是，鲁迅清清楚楚地告诉我们，中国女性的自我解放，焚烧一条裹脚布还远远不够。只要女性不"主义"，无论祥林嫂是在何种条件下成为大脚的，她的大脚也仅仅让她成了一具大脚的、"四十上下"的尸首。

让我们把时光倒退到100年前，1924年3月的上海，订阅《东方杂志》的读者们收到了他们的刊物。那时候没有手机，也没有跟帖和"10w+"。但我可以确定一件事，一定有这样的读者，他或者她，读过了《祝福》，放下了手中的《东方杂志》，陷入了沉默。这沉默也许延续到了深夜，甚至延续到了第二天的黎明。悲伤的死亡从来不是一件小事，尤其是，这样的死亡完全有可能落在自己身上。这正是虚构的力量，也正是虚构的意义。现实的死亡有可能是一个个案，也有可能是一场意外，而虚构的死亡却更本质、更直接，它是预示，是降临或者提前。巨大的半径展现了它的普遍性，它带来的是觉察与恐惧，让你看见了自己。

不要责怪鲁迅不美好、不温暖。鲁迅不可能给我们带来手机式的"治愈"。读鲁迅也许会让人失眠，然而，失眠之夜的黎明时常连接着求生者的暗道，它关乎生命，关乎未来。

（原载《文艺报》2024年5月20日）

# 写作,当深挖一块土地

◎ 孙 郁

"文章学"这几年在学界热了起来,最初是古代文学研究者深潜其间,后来现代文学研究者也注意于此,相关的言论已经不少。新文学的出现,是远离旧的辞章、向域外文学学习的尝试,但也有许多人坚持古老的文章之道,结合口语与翻译语另寻新径。一些京派学者和作家的随笔就是这样的。这涉及文脉的问题,在古风与时风之间如何摄取其中的元素,也左右着趣味的走向。如今人们从"文章学"的层面回望汉语书写的奥秘,其实是古今互渗话题的延伸也说不定。

许多好的散文与随笔,都是小说家、画家、学者写出来的。自然,也有例外者,像新疆的李娟,她的文章很好,那是天籁,与民国的作家萧红一样,常人难以企及。汪曾祺说他写散文是"搂草打兔子,捎带脚"。这说明他更看重小说的写作。不过,汪曾祺是研究过文章之道的,他的散文和小说在辞章上都有古风,寻常之中掩藏着六朝的飘逸和明人的散淡气。他也觉得,好的小说家,散文与随笔也不能马马虎虎的。

自从西学东渐,我们的汉语书写发生了很大的变化,主要是修辞功能与先前不太相同。周氏兄弟的文章好,就是在旧式文章里融进了新音,句子和词组更为灵活,已经远离了桐城派的样子。

所以，新文化运动以后，文章写得好的差不多都是翻译家，他们以母语对应新的文章样式，表达自然就有所变化。记得夏丏尊在翻译日本作家国木田独步的作品后有一篇后记，文章就很有磁性，意思在起伏的韵律中跳来跳去，美感就出来了。叶圣陶也喜欢翻译，他的散文也就别具一格，既避免了京派的书斋气，也无海派的散漫。他编辑过国文课本，知道行文的节制，没有词语泛滥的毛病。我过去曾留意过民国的散文史，谈及彼时的文章，除了周氏兄弟外，影响较大的还有废名、郁达夫、梁遇春等。比如梁遇春只活了二十几岁，却留下不少好的文章。他生前主张随笔写作不必太用力气，否则有堆砌之感。梁氏觉得胡适让年轻人用力写文章，其实有些问题，参之西洋作家的经验，文章是率性而为的，他对于兰姆的推崇其实也有几分这样的原因。

梁遇春不愧是文章高手，本乎心灵，深味诗学，思想游走在中外之间，古今也不隔膜。他受到英国文学的影响，现代性的语义却不显生硬，那些谈莎士比亚等人的文字，看不到徐志摩式的欧化语义，倒是让人想起六朝的古风。所以废名就说出这样赞美的话："秋心的散文是我们新文学当中的六朝文，这是一个自然的生长，我们所欣羡不来学不来的，在他写给朋友的书简里，或者更见他的特色，玲珑多态，繁华足媚，其芜杂亦相当，其深厚也正是六朝文章所特有，秋心年龄尚轻，所以容易有喜巧之处，幼稚亦自所不免，如今都只是为我们对他的英灵被以光辉……"

不知为什么，后来的散文随笔写作，沿着类似路径探索的不多。到了20世纪40年代，文章越发长，辞章变化很大，思想却稀释了起来。延至20世纪90年代，此风亦盛，大的历史散文和厚厚的历史演义都颇流行了一时，但在辞章上有所创意的有限。加之学术论文的写作与随笔作家增多，随意和粗糙的语言流行了起来。小说可以写史诗，散文随笔就不可以吗？后来的大的长篇散文流行，与此类风气有关。文章千古事，做历史的记载者和时代精神的见证人，大概已经深入人心。

洋人的散文随笔也各式各样，限于条件，我读得很少。印象里俄国的赫尔岑是能够写宏文的，他的《往事与随想》就包罗万象，思想与艺术之光流溢。巴金在20世纪60年代后期翻译它，也有精神寄托在。那书从作者少年写起，连带出各种革命风暴，不愧是一部鸿篇巨制。不过巴金自己的随笔都不长，没有去追随自己心仪的作家那么泼墨为文。他晚年的《随感录》就受到赫尔岑的影响，但都是小小的随笔，故事简约，思想也是简约的。对比两者的写作风格会发现，中国人似乎不会写这类厚厚的书，因为思维方式有点不同。张中行《流年碎影》是回忆录里有厚度的一种，但也是小品的连缀，并无小说家的故事叙述。而赫尔岑的《往事与随想》，却仿佛小说家的著作，画面感与哲思纷至沓来。这大概与文化背景有关，赫尔岑的书是俄文与法文交织，思想也是反差性的转动。所写之事与所思之文，相得益彰。中国人的思维好似不太这样。我们看王国维的书和鲁迅的书，短章多一些，有点像小品文，背后的意思总还是与洋人有别的。

札记与感言的好处是言简意赅，不被宏大叙述所累。另一方面，不言之言也在其中，有隐喻意味也说不定。傅山的文章都在千字之内，好像含着无量之思，和他的书法一样，是滋味无穷的。

知堂一辈子都写短文，大抵觉得该说的也都在几句话里，不必一一道之。但有的时候也觉得是他在埋藏些什么，要将真话隐去。这或许也是文章戛然而止的原因。过去有人说是一种消极，但作者自己以为未尝没有愤世之处。所以中国文章要带一点捉迷藏意味，单看字面，不易都知道的。钱锺书《管锥编》的一些词条好像也是这样。

钱锺书晚年写作，为什么选择了文言而非白话？说起来就有多种解释。我个人认为，是有意抵抗流行的书写吧。他对于新文化运动以来的一些文字表达似乎一直有所不满，他的趣味是学衡派的。学衡派的文学主张是反对进化论，以为古代的旧文学与旧思想自有存在的理由，不可湮没其价值。这对于新文化人进化的文学观，是一种纠正。现在的学界大抵是认可这一点的。不过学衡派的一些老人，文章大多不行，有学术抱负而无审美才华。钱氏不同，他既不标榜派别，也不喊什么口号，是默默行走在文化的路上，文章也高于学衡派的人。学识有之，文笔亦佳，就显得洋洋乎壮哉。他给我的启示是，不能墨守一方，当环顾上下左右，且深挖一块土地，方能站得稳，又看得远。可惜这一点，我们这代人很少有人做到。

对于"文章学"的话题，十多年前我在《写作的叛徒》一书偶尔涉猎过，那是旧岁的一点痕迹，如今我正在重新编订、增加许多篇章，将以《表达者说》为名重新出版。写作带出职业腔是不好的，我自己也不能免俗。有时也希望自己能够摆脱旧的积习，不在惯性的路上走。但似乎一直没有离开旧径，蹒跚间都是老气。这也使我常常厌恶自己的表达，觉得平庸者居多，也有生硬的痕迹。巴金曾希望作家要敢于讲真话，要有一种情怀，看似简单的道理，做起来是很难的。克服自己的惰性，并敢于正视虚伪的作态和虚伪的表达，在今天已经是不轻的工作。

(原载《解放日报》2024年7月4日)

# 写作时必须"目中无人"

◎ 宇 秀

2021年春,我开始做"Meet域外典藏"文学公众号,希望哈金推荐他心目中的经典作家及其作品,想当然以为他会推荐小说家,比如他多次谈及的"偶像"契诃夫。但他发来一篇《论读者》,开篇就推荐给读者——更准确点说,是推荐给文学写作者们三位具有共同"读者意识"的诗人:俄裔美国诗人约瑟夫·布罗斯基、美国本土诗人罗伯特·科利里和约翰·贝里曼。

读罢,我立刻理解了以上三位诗人的创作原则对于哈金努力于创作"伟大小说"的启示与鼓舞——这三位诗人共同的创作原则即写作时"目中无人"。乍一听,这原则很是"政治不正确",和我们通常所说的面向读者、特别是面向出版市场的要求完全背道而驰。有人问哈金怎样才能抓住美国读者——显然,这问题的提出是基于他的写作在英文主流社会的成功,自然应有抓住读者的经验,哈金却回答在自己的写作中并不曾出现这个问题,因为他心里根本就没有特定的读者。

"由于我一开始是写诗的,我的读者意识也多少是诗人式的。"他推举的诗人布罗斯基,就以"真空"一词来指读者,即他写作时面对"零读者"。另一位美国本土诗人罗伯特·科利里则直白地说:"那首最卓越的诗对无人的空间说话——这是必备的勇气。"

而约翰·贝里曼更令人惊诧地回答："为你所热爱的、已经死去的人写作。"哈金认为贝里曼所指的是他心里的理想读者，即使这类读者不存在于当下。

这当然不是说诗人不在乎读者，而恰恰他们在乎的是在每一部伟大的作品后面被时间验证了的读者——那些优秀的、久远的、终极的理想读者。

这个目标是不是太宏大、太高远了？哈金以他自己的创作在践行着这一目标。而于我等寂寂无名者而言，如此目标至少可以鼓励我们努力排除杂念，安静地面对自己的心灵去写作。哈金得知我将用他这篇短文作为"经典荐读"的推荐语，回复说很高兴我喜欢他这篇文字，并慷慨地发来收录了此文的《湖台夜话》全书电子文档。

该书由"重建家园""纸上生活""小说天地"三部分组成，我一口气读完了第一部分。哈金讲得坦诚，让人感觉到一个写作者敞开的心扉。这开头就奠定了一个基调：这并非一部狭义的谈论创作技法的读物，它探讨了文学本质的东西，是作者的精神、眼界等这些统治技巧的形而上，倘若没有这部分，就像身体缺了头。哈金说，有出版社要求他删除第一部分，他曾考虑另写一些文章把第一部分换下来。收到我谈及《湖台夜话》的邮件，哈金回复说："谢谢你的告诫。……你说得对，没有第一部分，会有被'砍头'的感觉。"

此前，书中的另外不少篇章我在网上已读到过，此次系统阅读书稿后深感，哈金的所有文学写作便是他在异国他乡、在一个异质文化的土地上"重建家园"的漫长艰辛的过程。而如此一个字一个字码出来的"重建"工程，如果内心没有自己坚定的"理想读者"，只是机会主义地找寻市场读者的话，是很难就既定的宏大目标持之以恒的。而他对"理想读者"的坚守，正如"目中无人"的诗人那样，听从内心读者的召唤，这个内心读者可能是诗人的亲人、情人，也可能就是另一个自己。正如贝里曼说自己的写诗动机，乃是"一个灵魂对另一个灵魂的诉说"。

  哈金通过揭示三位诗人"目中无人"的创作秘径，也同时拨开了一层读诗的迷雾。一般读者读诗的难度之一，在于他们不知道谁是诗人在诗中的倾诉对象。哈金告诉我们一个读诗的秘籍：那就是不要把自己直接放在诗人的倾诉对象的位置上，因为这些诗人根本就没考虑我们这些读者，我们只能学会假设自己是诗人倾诉的对象——"你"，然后"偷听"诗人对"你"说话，从而获得诗人与"你"沟通的秘密。

  不为市场考量的特定读者写作，这是诗的特质决定的，是一个真正诗人写作的基本原则，也是一个纯粹写作者应有的姿态，正如哈金在《湖台夜话》自序的结束语所说："这是一个在森林水边的孤寂之声，夜里有多少人听到并不重要。"

（原载《羊城晚报》2024 年 7 月 16 日）

# 洛克的比喻及其他

◎李 荣

洛克虽以哲学名世,亦是一典型的如艾迪生与斯蒂尔这样的英式随笔大家。其《人类理解论》这样的哲学大作中,取譬不断,非一般高头讲章可比。同是英人的亚当·斯密,亦非例外,不说他早期的短篇论文,即是《国富论》这样的经济学论著,亦处处都有随笔风。

### "时髦的假发"

《人类理解论》篇首献词中有一段曰:

"有的人在判断他人的头脑时,亦同判断假发似的,要以时髦为标准;这些人除了传统的学说以外,一概加以否认。因此,他们如果诬为骛奇,那乃是一件可怖的事。不论任何地方,任何新学说在其出现之初,其所含的真理,都难以得到多数人的同意;人们只要遇到新意见,则常常会加以怀疑、加以反对,而并无任何理由,只是因为它们不同凡俗罢了。不过真理如黄金一样,并不因为新从矿中挖出,就不是黄金。我们只有考验它,考察它才能知道它的价值,而不能专凭是否具有古典的样式来衡量。它虽然不曾印有公共铭印通行于世,可是它仍会同自然一样,并不因此稍损其真。"

此时髦之假发之比，极有趣。所谓"时髦"，盖有多种：或即流行，人人争而趋之；或即不过是流俗，相传相承，于人人似为不言自明、不言而喻，百代而自为"时髦"者；或为争奇炫怪，似为与众不同，即一般之所谓"个性"，而内在却是别一种"凡俗"，亦不过从俗之"不俗"。凡此种种不同，所同者一也，即重"样式"，而非内容。样式是向外展示，便专求外在人众之认同。一有认同之追求，便是"凡庸"，只是种种"外衣"各不相同而已，本不在于是"新"是"旧"者也。

## "打猎"

《人类理解论·赠读者》篇云："一个捕百灵和麻雀的人，比从事于高等打猎的人，所猎的对象虽逊，其为快乐则一。"

凡做事做学问，其实过程的快乐大过结果。但如今却以结果定高下，过程之快乐全失。

又云："理解之追寻真理，正如弋禽打猎一样，在这些动作中，只是'追求'这种动作，就能发生了大部分的快乐。心灵在其趋向知识的进程中，每行一步，就能有所发现，而且所有的发现至少在当下说来，不但是新的，而且是最好的。"

一个是过程的快乐，一个是"当下的结果"视作最好。两者其实是一致的，肯定当下结果亦是过程快乐的一部分。如果永远以未来之"更好"而比较当下结果，则过程之快乐亦全失。

## "灯光"与"走路"

《人类理解论》卷一《引论》中有二妙喻，或皆可作今人于人类未来之"喻世明言"。其一曰：

"一个懒散顽固的仆役，如果说：不在大天白日，他就不肯用灯光来从事职务，那实在是不能宽恕的。我们心中所燃的蜡烛已经足够明亮可以供我们用了。我们用这盏灯光所得的发现就应该使我们满意。"

人类逐日之劲头，亦是人类之可赞美处。但其"心中的明灯"却是不可暗淡，能够明白即使没有了遍照大地的天光，回进漆黑一片的黑洞与小屋的时候，一点星火却是能够看清眼前的东西，也是能够温暖彼此的心意与生活。只有如此，当明天重见天日，回向遍照大地的天光，又有了逐日的劲头，那么这样的劲头便不可能是不知"天高地厚"的蛮劲，而是有了黑屋里那点"星火"的底色了。

其二曰：

"如果我们因为不能遍知一切事物，就不相信一切事物，则我们的做法，正同一个人因为无翼可飞，就不肯用足来走，只是坐以待毙一样，那真太聪明了。"

不能飞，连走也不要了。此是人类无知"膨胀"的一种归宿。回溯人类历史，此种"膨胀"已是几度轮回。但人类本性无法改变，此种"膨胀之轮回"亦是无法终结。最近几十年来，新的"膨胀轮回"又在到来，一心想要"有翼飞上天"。今后，人类

"膨胀期"一过,"因为无翼可飞,就不肯用足来走",便极可能进入别一极端。洛克在此下了两个"判词":一是怀疑;一是懒惰。此"怀疑之懒惰"是一个极端对立的矛盾体,内里极端地怀疑无确信,而外在却是极端地自信无可疑;内里极端地懒散无坚执,外在却是极端地"奋进"无回旋。不过,这种轮回是人类根性里的东西,一切警世的通言、明言、恒言,终归还是"无言"罢了。

## "地平线"与"大海"

《人类理解论》卷一首章《引论》之结末处,有两处比喻,引人思考。其一是"地平线"之喻:

"人们如果仔细考察了理解的才具,并且发现了知识的范围,找到了划分幽明事物的地平线,找到了划分可知与不可知的地平线,则他们或许会毫不迟疑地对于不可知的事物,甘心让步公然听其无知,并且在可知的事物方面,运用自己的思想和推论,以求较大的利益和满足。"

地平线之外之下之不可见之物,我们可悠然视之而听其无知,涌出崇高之感情。亦一乐也。

另一处又有一"海"之喻,与"地平线"可连类而及,曰:

"一个水手只要知道了他的测线的长度,就有很大的用处,他虽然不能用那线测知海的一切深度,那亦无妨。他只知道,在某些必要的地方,他的测线够达到海底,来指导他的航程,使他留心不要触在暗礁上沉溺了就够了。"

海天相交处,地平线亦即海平面,地平线之喻与海之喻便成同一个比喻。海深莫测，人类于海洋始终怀敬畏心，求知欲望亦以此敬畏心为准绳与"测线"，否则人类便极易偏向无知妄作之一路。此海喻，可联想及现代理论物理学中之"狄拉克之海"，真空不空，人类日常观察力所不可见之"负能之海"，广大充满，无有空隙，正与海底世界相同，不可见、不可测却知其存在。人类至此，其"逻辑智慧"亦可满足，于深深海底投以敬畏心后，转到海面之上，耕耘属于人类的生活吧。

### "一场聚会"

《人类理解论·赠读者》篇中，述及此一名著产生之缘由，有关一场聚会：

"有一次，五六位朋友，在我屋里聚会起来，就谈论到与此题目相距很远的一个题目。谈论不久，我们就看到各方面都有问题，因此我们就都停顿起来。在迷惑许久之后，既然没有把打搅我们的困难解决了，因此，我就想到，我们已经走错了路，而且在我们开始考察那类问题之前，我们应该先考察自己的能力，并且看看什么物象是我们的理解所能解决的，什么物象是它所不能解决的。我向同人提出此议以后，大家都立刻同意；都愿意以此为我们的研究起点。下次聚会时，我就把自己对于自己从来未想过的草率、粗疏的思想写出来，作为这篇谈论的入门。"

凡如此之谈论，只要不是存心有所恶意或偏见，亦无有意之抬杠，能够诚心尽意，敞开心怀，畅叙所思，却无法得出什么结论，那就不免如洛克此处所言，应该想到是否"走错了路"。所谓错路大致有两条：一是前提与条件。大凡人之所思，潜在皆以一定的前提、范围与条件为限而展开。但这样的前提、范围与条件却往往并不显而易见，而是隐在暗处，于人茫然无所觉。如此，则人之谈论，或无视人之思想之大前提、大条件，悬想人所无从把握之"终极问题"，所论没有结果是当然的。故洛克提出应首先考察人之"理解"之适用范围。或所论看似同一论题，而隐含之范围、条件各不相同，各人无所觉知，"公说公理、婆说婆理"亦是当然。这种隐含前提、条件之显性化，只能在更高一阶之论域中才能看得分明，人之科学、认识及思想之突破，全在于此。二是语言。人之所论，全用语言表达而展开。有时虽用语言同说一样的话，但各人所用同样语言所载之语意却各有不同，"表"同"里"不同，无法分别，所论便难趋同意。洛克《人类理解论》后文有详细论述，后世之语言哲学及符号论，亦甚关注于此。

## 知"够了"，"不够"才有意义

《人类理解论》卷一之《引论》章曰：

"我如果能发现了理解的各种能力，并且知道它们可以达到什么境地，它们同什么事情稍相适合，它们何时就不能供我们利用——如果能这样，我想我的研究一定有一些功用，一定可以使孜孜不倦的人较为谨慎一些，不敢妄预他所不能了解的事情，一定可以使他在竭能尽智时停止起来，一定可以使他安于不知我们能力所不能及的那些东西——自然在考察以后我们才发现他们是不能达到的。"

思考"理解",其实即是思考人类之"边界"与"分寸"。于某一种意义上言,人类之努力与精进,即洛克氏所谓"孜孜不倦"者,固然是人类之一大特异处。但如果人类内心没有那个边界与分寸,不知何为"竭能尽智",总自诩或自以为"全智全能",无坚不摧、无难不克,则其不止步处,恰是其局限处,更或是其自毁处。洛克氏此处的"谨慎、不敢妄预、停止、安于"诸语,对于人类正是极好的醒脑剂。特别是处于当今人类所谓文明之"烂熟期",前瞻或后顾都自认为有如许积累之知识可以依傍,触手即可创新,只有"不为",没有"不可为",那么"知止"的人类意识对于人类自身实在是关乎大者,绝不可轻忽视之。人类懂得自己的边界和分寸,知道自己的"止步处",其实并不即是停步不进。"知止"恰如近世法兰克福学派宿将阿多诺所谓"否定之辩证法",当人在做"肯定的事"的时候,心里总要有一个"否定的边界和分寸"在那里"值班"。知"够了","不够"才有意义;有了"知足"的底色与底气,不知足、不满足才有了健康的"体质"。否则,任何诸如"只有更好,没有最好""只有做不好,没有做不到""变不可能为可能"之类"鼓励"的话头,都可能只是人类的自我愚弄而已。

(原载《文汇报》2024年1月27日)

# 文章之"味"

◎ 曹国琪

一篇好文,"味"是引人入胜之法宝。首先,立题要有"趣味",作者有发现,读者有共鸣。如内容扎实而专业,则更有"品味"。精妙的论述和诙谐的文字,读起来充满"滋味"。结构精巧而掷地有声、节奏跌宕而演绎生动,那更具备难得的"韵味"。如再能引人遐思,打开思考的空间,会更令人"回味"。如此的趣味、品味、滋味、韵味和回味,堪称"五味杂陈",如同美食中的酸甜苦鲜咸,丰富而有层次。

能发现一个有趣的话题不容易,在人堆里、在闲聊中,能应景应时带出一个众人捧腹的包袱要有十足的功夫。看似波澜不惊,却深藏暗流,风吹草动后,有共鸣,有惊喜。

大多数作者,更在乎自己的感受。抒发一己之见或情感,并不在意是否产生共鸣和反应,这样的文章更多的是自慰胜过分享。当然,自弹自唱没有什么不好,但浪费别人的关注不仅是一种冒犯,也会自讨无趣。奇文共欣赏,立题也是立问,好似店家招揽顾客,好的题材是引人入胜的最佳开始。

会写的作者已属不易,开问的文章更略胜一筹,那些能激发读者的好奇并带入场景的作者才是真正的高手,请君入瓮,关门打狗,让人欲罢不能。打开话题、奇谈异论,答案已并不重要,没有定论的话题,细水长流,永远只是开始。

文章要有"品味",没有专业功底总是浅显。深度不仅来自思考,更是来自系统和专业的积累。把别人说过的、已证明了的内容再重复一遍如同拾人牙慧,失去了写作的初衷。没有升华的东西,装饰得再好充其量不过是个泥瓦工。发现并不容易,但能把不经意处的小小挖掘串成一线,承上启下,如同欣赏一幅慢慢打开的画卷,给人饱满和愉悦。文章有了专业基础,欣赏和发现才有可能。

人之初识,无论是面对面,还是以文字的方式,最好会讨巧,文字的传播最好是在轻松愉快中度过,为此,阅读中的"滋味"担负重任。旁征博引不如深入浅出,会急中生智制造即兴笑料的人可谓高情商,文字中的高手不仅具备随处可见的诙谐幽默,更有大道至简的感悟力,恰似烹饪大师调动起你味觉,让人欲罢不能。好的文字不啰嗦,包袱随处可见,意味深长。

"韵味"来自于节奏,有的文章入理不入情,虽是干货,却略显平淡。这如同讲故事让情节跌宕起伏、懂音乐具备节奏感一样,好文恰似一部好的剧本,具有好莱坞大片的韵味。能利用时间和心理情绪的人堪称大师,时间在音乐中是节奏,在文章中则是"韵味"。文字的长短自如并不容易,有时需要点到为止,有时则欲罢不能。调、控读者的阅读情绪恰似一个好导演。没有铺垫,哪有高潮,没有包袱,哪会出彩。

具有"代入感"的文字堪称高级,沉浸式的带入,具有催眠的效果,如梦幻一般,好似牧师的布道,游戏的迷巧,该是阅读中的最高境界了。具有"回味"的文章到了收藏级别,启迪心智而又有范儿。浓缩的"金句"充满哲理,记得住,用得上,如同导航般地指点迷津。看清自己、认识别人、明白事理永远是认知中的三座大山,如能快乐地读到此类好文,该是人生百味中最值的"回味"了。

(原载《新民晚报》2023年12月2日)

# 独处的艺术
## ——读李滨声先生新作《跟自己玩儿》

◎ 周家望

100岁的李滨声先生又出新书了,书名叫《跟自己玩儿》,在作家出版社出版。书的样式设计成一个"Z"形:一半是蓝色封面的随笔集,一半是红色封面的漫画集,随笔集和漫画集的封底,"背靠背"地合为一体。就好像一个穿着蓝衬衫、红裙子的小姑娘,亭亭玉立地往那儿一站,珊珊可爱。冲这书名和设计,谁见了都说"老爷子真会玩儿"!

### "跟自己玩儿"是门学问

玩儿,谁都爱,那是人类的天性之一。会玩儿,可就高级了,既需要与生俱来的天分,也需要身上的勤奋,还需要心里的不安分。所谓"天分",就是艺人们常挂在嘴边上的"祖师爷赏饭",天生就是吃这碗饭的材料。所谓"勤奋",就是爱因斯坦说的"天才是1%的灵感加上99%的汗水",张恨水也说过"流自己的汗,吃自己的饭"。所谓"不安分",就是脑子里时不常有千奇百怪的新念头,总有奇思妙想的新尝试,培根非常赞赏这种不安分,他认为"创新是唯一的出路,墨守成规将无法适应不断变化的社会"。"不安分"的人,往往是社会进步的先行者,是时代风尚的引领者,是文学艺术的首倡者,是生活味道的寻觅者。千百年来,那些游戏规则的制定者,往往是"不安分"的人,他们的脑回路或许迥异于常人,更强大,更自信。

光"会玩儿",还不行。学会跟自己玩儿,才是真正的"王者"。您想啊,人生在世,步履匆匆,一路之上,会遇到各式各样的人,父母、兄弟姐妹、恋人夫妻、同学同事、师生朋友、儿女孙辈,乃至旅途偶遇,或多或少都陪伴你走过一段生命时光。但从头走到尾的,其实只有你一个人。老话说,谁也不能陪你一辈子,一点不假。之所以人是群居动物,正是因为孤独之心,人皆有之,概莫能外。因此学会跟自己玩儿,就是不自陷于万古孤寂中的逃生绳。

跟自己玩儿,一个人有一个人的玩儿法。你首先得具备一个"有趣的灵魂",然后打开那扇"跟自己玩儿"的门,全身心地沉浸其中,乃不知有汉,无论魏晋。在这个自得其乐的王国里,你就是国王,尽可以率性而为,流连忘返,乐不思归。这个时候,你根本无暇顾及那无边的寂寞,不尽的孤单。你心里的那个我,和外在的那个我,早已经玩儿得不亦乐乎、满头大汗、前仰后合。"自嗨"才刹那,世上已百年。你会觉得,时间为啥这么紧巴,还没玩儿够呢,就"多情应笑我,早生华发"啦?

当然,您要能玩儿出点名堂来,那可就更不得了喽。不管是书法、绘画、做木匠活儿,还是弹琴、种花、写文章……只要沉得下心去,肯定会有意想不到的收获,也可以解释为,跟自己玩儿的"剩余价值"。恍惚记得有位前辈老先生说过,无论做什么,积之十年，总能成一学者，哪怕是收集糖纸或火花，也能看出这十年间的社会变迁。是鲁迅先生说的吗？真记不清了，好像上中学的时候，曾经在摘抄本上记过，一直存在脑子里，意思大抵是不会差的。

## 绝对的"段子高手"

"会玩儿"的李滨声先生，绝对是"跟自己玩儿"的魁元，绘画、书法、魔术、票戏、民俗、诗文，无一不精，无一不妙，别开生面又融会贯通，自成一家而世所公认。从他给自己这本书写的前言，您就能看出他的与众不同。这个前言只有138个字，而且还是白话文。不妨抄录于此：

"英文'中国妇女出版社'版李钟秀女士曾写过一篇长稿发表在《北京日报》，题目是《看李滨声表演魔术五十年》，是一篇趣味随笔。

魔术是我爱好不假，不过自从退休后早已不再实践了。倒是近十多年来由于住养老院又遇疫情，生活单调，与我好动习性不符，为自己计，常温故技魔术表演度时光。有时也写点随笔远近见闻，不成文字，不过跟自己玩儿。"

怎么样？既不故作深沉，也不故弄玄虚，既不掉书袋，也不吹牛皮。我以前觉得，有些人写似是而非、大而无当的冗长文章，无非是挥霍自己的生命，浪费别人的时间。后来从新闻岗位转到《五色土》副刊工作，耳濡目染，渐渐觉得好像文章中不引用几本古籍或译著，不拉上几位前人或洋人，就像鼻子上缺副金丝眼镜，腕子上缺块闪闪发光的名表，手上缺根乌黑油亮的文明棍。缺了这些就似乎上不得"台面"唬不住人。所幸读了李滨声先生的《跟自己玩儿》，总算又把我从"台面上"拽了回来。有道是"老僧只说家常话"，这本书里面没有枯涩的说教，没有傲然的睨视，只有生活的智慧和会心的一笑。《跟自己玩儿》的文字率性天真，极具漫画效果，李老真正做到了文如其人。

李老是绝对的"段子高手"，他的随笔精短有趣，却又回味无穷，正如同他的漫画，能做到极简的妙不可言。捧读这本《跟自己玩儿》，我经常"噗嗤"一笑后，转而赞其文笔之精彩。比如开篇《我和外交部长握过手》中他的"反省"："当年为什么在严肃的场合放肆说'去过通州'？是有感那位画家扬言'去过非洲'，我以为其好表现。其实自己也是好表现的，只是没有表现的资本。"比如不足400字的《袁三倒煤记》，读完不知为什么我想起了汪曾祺的小说《陈小手》，似有异曲同工之妙。比如在《"喷气式"》中，他对善恶报应的对比感悟，何尝不是一种自我救赎？再比如《我曾当过和尚》中首次披露，九十多年前他曾当过"寄名和尚"，五岁那年还的俗。同样有趣的是，在本书中，李滨声先生像孙悟空那样会"七十二变"："我""文教部的干事""文艺处的一小青年""某人""李某""某甲"……取之不尽用之不竭，在不同的描述情境中他的身影随时隐现，变幻无穷。当然，为了顾及一些当代名人的颜面，李老在文中也隐去了某些人的大名，比如《不是"张冠李戴"》一文中以"诗"批斗李滨声的"大作家××"。

这本书里，还有一部分图文是关于旧京知识和民俗文化的，也体现出李老的文字纯熟和博闻强记。例如《建国门、复兴门、和平门史记》，这篇《史记》，只用了区区500字，就把老北京九门之外的三座门讲得一清二楚。《长安街史话》，更是只用了350字即勾描完毕，真可谓惜墨如金。

当然，书中也给我留下了些许问号。比如《民初"文明结婚"啥样？》，讲了新式婚礼的一应礼仪，只是文中有一句语焉不详："新郎新媳妇谢家长也是三鞠躬"，这里说的"家长"，是否包括新娘的父母呢？因为中国古时的婚礼，娘家父母是不把女儿亲自送到婆家的。只有新姑爷三天"回门"，小两口才回来拜见泰山泰水。那么民国时期的新式婚礼，是否跟北京现在的风俗一样，双方父母都在场共同见证呢？期待《跟自己玩儿》"二刷"时读者能找到答案。另外，因李老毕竟年事已高，书中有些人名偶有舛误，如"翁偶红"应为"翁偶虹"，"司马一萌"应为"司马小萌"，"北京晚报社社长王纪纲"应为"北京晚报总编辑王纪纲"（《北京晚报》隶属于北京日报社，只有编辑部）等，期待再版时调整过来。

## 已经玩儿了一百年

虽然我和李老都是北京日报社的职工，但在工作上没有交集。余生也晚，他1987年离休的时候，我还在北京一中读高中。我和李老混熟了，还是我做《北京晚报》跑政协新闻的记者之后。

那时他也是政协委员里的活跃分子，会议之余，变魔术、讲笑话、画肖像，都是他的拿手好戏，总有一群热情的粉丝围着他笑声不断。在政协的一楼大厅里，给委员们画速写漫画；在政协联欢会上表演拆解"九连环"的魔术，我都在现场亲眼得见。

后来他搬进了养老院，我就隔一两个月去看望一次，从昌平的汇晨老年公寓到顺义马坡的家泰养老分院，再到天通苑的家泰养老院，一路追随。相见亦无事，就为了听老爷子聊京剧的林林总总、聊报社的老人旧事、聊老北京的史地民俗，一聊就是两个多小时。我到《五色土》副刊工作后，他又成了我的年龄最大的作者，并且专门开了个"梨园客说戏"的不定期小栏目。每篇文章他都用正楷誊写后，通过微信拍照发给我。我再重新录入电脑交给编辑刊发见报。

这些年，养老院去的次数多了，我渐渐感受到了人到老年的孤独。许多老人坐在轮椅上，歪着脑袋，目光呆滞地望着窗外，一坐就是大半天，悄无声息。夕阳的余晖洒在他们身上，平添了一层落寞。想想看，这些耄耋之年的老寿星，或许当年都是叱咤风云的人物，英雄暮年，不过衰翁。和他们相比，李滨声先生就活得更充实些，每天练字、画画、写文章，忙得有时都错过了饭点儿。

这两年，他又学会了在微信刷视频忙点赞，有时候半夜两三点还在那儿点赞呢，真是服了。当然，不忙的时候，老爷子也弄杯小酒喝，或是来个冰激凌放松一下。李老爱吃零嘴儿，有一段时间，他迷上了吃酸辣笋尖，跟我聊着天，就能把小半袋笋尖吃完。

有人说，李滨声先生也是当之无愧的"市宝""国宝"。看着他吃笋尖的可爱劲儿，我就想，莫非"国宝"们都爱吃竹子？

（原载《北京晚报》2024年7月12日）

# 烧不掉的书

◎ 郁喆隽

科幻灾难电影《后天》里有这样一个情节：北美气候骤变，可怕的寒潮南下，纽约的气温降到零下几十摄氏度。一群到纽约参加知识竞赛的中学生躲进图书馆避寒。但是因为没有供暖，情急之下他们只能烧书取暖。于是问题来了，假设有选择的话，应该以怎样的顺序烧书呢？

对于读书人来说，不到万不得已，一定不愿意烧掉自己喜欢的那些书。此外，还需要考虑的是书的语种。对一本书的外文翻译版，其语言不仅记录了与原著大致相似的内容，还保留了译者独特的思维方式。如果在一家图书馆里一本书有好几个版本，那就可以考虑只保留一册……影片中的设定是，这些学生的手边刚巧有一本《末日烧书指南》——其实也有作者写过《末日焚书》，是因为受到了《后天》的启发。不过在没有检索系统的情况下，要在书架上找到想要烧的书，需要对图书馆的分类和上架体系非常熟悉。他们首先烧掉的是励志和成功学的书，也有人提议首先应该烧掉账册、税单之类。

近日，听闻80多岁的加拿大作家玛格丽特·阿特伍德亲自拍摄了一个短视频，她戴着耐高温手套、手持火焰枪"炙烤"自己的反乌托邦小说《使女的故事》。不过，她烤的这本书是由一家独立创意公司设计并制作的，用航天级镍丝和不锈钢装订，书页由耐热铝材制成，可以承受1200多摄氏度的高温。因此，就算被自己的创作者用火焰枪"过火"，这本书也毫发无损。阿特伍德本人表示："我从来没有想过我会试图烧掉我自己的一本书……而且还失败了！"这本特殊的书之后在苏富比拍卖行以13万美元的价格成交，所得资金将供美国笔会用于防止图书被焚。

  这件事情无疑是互联网营销的一个成功案例，但也有令人深思之处。从人类一万多年的文明史来看，书籍大规模存在的时间并不长，而且广义的书籍曾经采用了多种载体，从泥板、竹简、莎草纸，到羊皮、谦帛，再到纸，以及数字化媒介，真正能够防火、防霉、防蛀、防盗的载体极为稀少。阿特伍德本人在一次访谈中谈及自己的写作："如果可以详细描述某个未来，也许它就不会发生。"一本书只有被人读了，才不畏惧被烧掉。

（原载《书城》2024年第4期）

# 回到本身

◎ 陈启银

读《蒋勋说〈红楼梦〉》，感受最深的是他紧扣文本，结合自己的学识、经历、理解、体会和视角，逐句逐回、逐人逐事地讲解。他认为："不是说考证不重要，但是我们读小说的时候，它就是小说，读起来要很好看。我们要读进去，让它跟我们人生之间有一种对话，不一定要把它当成研究工作来做。"他讲的是曹雪芹八十回版本，回到作品原貌；讲的是少男少女的青春王国，回到作者体验；讲的是以贾府为中心的政治社会生态和家族没落，回到作者反思；讲的是小说架构编织和语言运用，回到文学本身，深入浅出，旁征博引，让人耳目一新。

阅读经典的目的是找到共鸣、开阔视野、受到启发、汲取养分。但经典著作大多年代久远，历经曲折，有专家对原著的某个人物、事件等，作些研究考证、解读指引和补充，肯定必要。只是研究者有研究的自由，读者应有读者的选择。如果连原著都没有认真阅读过，就来读这些洋洋洒洒几万字、十几万字的解读，难免喧宾夺主，舍本逐末。

人是有好奇心的，智能手机为满足好奇心提供了支撑。我时常这样，刚在手机上读完一篇文章，看完一个视频，大数据马上在后面就有相关智能推荐，甚至在一个时间段内，打开App都是类似的推文和视频。只要好奇地点开其中一篇（个），这篇（个）后面马上又有新的链接。就这样一点一点，离初衷越来越远。本来只想读五分钟的文章和信息，结果花了十五分钟、半个小时在外围绕圈，最后游离到哪里去了都不知晓，让自己直摇头。

没有回到本身的能力，在这个信息过载的时代，极易被智能搜索、推送、链接带偏，搞得整天忙忙碌碌，疲惫不堪，事实上用在本文、本事、本位、本职、本来、本身的时间和精力并不多，外围的浮事很光鲜很热闹，本座的正事很寂寥很荒废，怎么可能让心里踏实？

赚钱是为了改善生活，生活是本，赚钱应该服从服务于生活，这是一个并不复杂的逻辑。遇到一做金融的成功人士，他多病缠身，却还在拼命地赚钱，整天劳累不堪。我说你赚的钱三辈子也花不完，身体都这么糟糕了，为什么还不过一点正常人的生活？他竟然说，没有钱之前，我知道什么是生活；现在有钱了，我除了赚钱之外，不知道自己还会什么。他这个赚钱，是以消耗生活和健康本身为代价的。

游离本身，是人最容易犯的错误之一：得陇望蜀，破罐子破摔，随波逐流。人感觉累，不是自己的初衷，更不是生活本来的样子，而是被欲望和诱惑驱使，游离了人和事本身太多，恋爱不谈感情谈条件，读书不谈感悟谈篇目，履职不谈担责谈宣传，生活不谈适宜谈攀比，教育不谈解惑谈分数，专业不谈敬业谈谋略，品行不谈底线谈利害，运动不谈健康谈强度，等等。

每作一个决定，从本身出发，看看到底能解决什么问题；每过一个阶段，审视一下游离了多少，要怎么回归，就拥有了万变不离其宗的回到本身的能力。凡事把握度，不游离，不舍本，才是获得真幸福的关键。

（原载《羊城晚报》2024年7月16日）

# 只要在路上

◎ 杨仲凯

人坐在一辆汽车上,如果车停着不动,就会感到无聊,哪怕是再好的车也不行。一旦车启动,路旁的树木和风景向后倒去,车内的人就会感到快乐。

驾驶的前方有目标最好,比如春节前夕归心似箭地回家,要不就是自驾行驶,去到一个心仪了很久的地方。就算没有目标,哪怕连风景都没有,就是最普通的乡村公路,只要路在延展,人也能感到驾驶和行进的快乐。路有时是弯的,有时是直的,有时颠簸,有时平稳,这都不重要,重要的是前进。哪怕连要去哪儿都不知道,那种不确定性也会让人感到很有探索意义。就像要打开一个盲盒一样,任意走一条陌生的路,不知道要去哪里,这岂不是更有意思?

如果行驶着的车忽然停下来,比如在城市里等红灯或者堵车了,人不仅感到无聊,甚至觉得沮丧。如果天气不好、有其他的烦心事,这时候有些司机甚至会犯"路怒症",看谁都不顺眼。更有因为雪天堵在高速公路上的情况,那就更烦心了,前后都望不到边,就会觉得自己运气太差了。

开车如同生活。平凡的人生,每天可能也没有什么新鲜,都是家长里短的俗事,没有辉煌的灯火,没有精彩的舞台,没有轰轰烈烈，只有平淡的三餐，每天一成不变，但是人们在这样的日常中感知生命，还是觉得有滋有味，就算天天早上吃煎饼果子，也不会腻。只要生活别停下来，日子绵长，亲人厮守，就别无所求。人们要生命的精彩和路上的风景，也需要行走和生命的过程本身。过日子，无非就是"过"嘛，文火慢炖，平平淡淡，更有滋味。当然，高潮迭起的壮丽人生也很好，但那不仅可遇不可求，而且具有风险。话说回来，想起那个俗套的说法，"车停着最安全"，但车就是为了上路才造出来的。

在路上，只是这个"过"程，而不用在意能达到什么样的顶点，也不用在意那些路上的停靠点是什么，不用在意遇到了什么人和什么事。有些人去旅行，其实并不一定愿意去那些没啥意思的景区，在车上也可能会想，别停下来，向前走吧！过了一山还有一山，走了一程还有一程，生命没有尽头，路也没有。而如果停下来，拍那些雷同造型的照片，看那些大同小异的景区，还不如向前，向前。甚至不如在行驶的车上睡上一觉。大家为生活奔波都很辛苦，很多人甚至焦虑得晚上睡不着觉，但是在前进的路上就能睡着，往往睡上哪怕一小会儿，感受却很香甜——想想自己连睡觉时都在路上行进着，焦虑的感受是不是好多了？睡着或走着，平凡或精彩，喧闹或安静，人这一生，有不同的境遇，有不同的样子。在很多个人生节点，人享受着当下。逝水东流不舍昼夜，反正它在流着，看都不用去看一眼，只要用心感受了就行了。

坐车是这样，散步也是如此。人这一天，再懒的人也会走上千步路，而且不知不觉地就走下来了。细算一笔账，其实走路就算再累，也比站着舒服，散步是全身运动，站着直挺挺的，那叫罚站。我每天上班的路是一样的，街角的咖啡店、楼下的小卖部，走到哪里会感到有些累，走到哪里会微微出汗，好像都是既定的程序，下班以后的散步，路线可能也差不多，不会有什么新奇，但却走不腻。那些路过的小摊、那些熟悉的人，好像慢慢成了自己生命里的一部分。而且，蓦然回首，我们一定会记起不同季节和时期在路上一起走的人，记得很多欢乐和伤感。

自从鲁迅说了那句"世上本没有路"之后，许多作家就把人生、生活和走路联系起来。是呀，人生的路也要走，该做的哪件事情都不能少，有时候看起来很艰难的人生，一件件的事去做，也都能慢慢好起来的。坐地还能日行八万里，思考也能把人送到每一个想去的地方。所以，你真心想去哪里，其实都能抵达的。

哪怕坐在奔驰上，车停着也没意思，那是因为人拥有的只是这辆车和坐在车上的感受，而哪怕你驾驶着电三轮前进，你也能获得行驶的快感和赶往目的地的喜悦。所以，走起吧，路在脚下。不怕慢，就怕站，走呀走，乐呀乐。走着，这世界上有个人，是你。

（原载《今晚报》2024 年 5 月 15 日）

# 不焦虑的秘密

◎ 赵款款

对自己情绪的容忍和温柔,很大程度上能降低内耗。

"焦虑"好像是个很普遍的现象。各行各业,无一幸免。身处竞争激烈,卷得死去活来的电商行业,运营说我是她们接触过心态最稳、情绪最稳的店主,问我有什么秘诀。

我说可能我每天都能睡够吧!我日常睡九个小时,卷到极致的同行,天天不眠不休干活,动辄直播九个小时,体力快崩的时候,心态也跟着崩。是玩笑话,也是真的。可能每个人都需要了解让自己这具身体稳定运作的核心点。有人是要吃好,对我而言,保持充足的睡眠,是让自己状态好的基本原则。

不过我也在想,年轻的时候我也睡得很足,但情绪并没有现在这么稳定,焦虑感、紧绷感如影随形。到底不焦虑的秘密是什么呢?其实我并不刻意追求情绪的稳定。并不在意情绪有起伏,只是需要看到情绪的来来去去、起起落落。高兴是为什么,不高兴又是为什么,先找到原因。时间长了,会观察到自己的"起心动念",会看到念头、情绪来了又走了,这个过程其实就很放松。会对各种坏情绪有熟悉感,对它说:哦,你又来了,那待一会儿吧!而不是一直打压自己,说:这样不好,不能这样。对自己情绪的容忍和温柔,很大程度上能降低内耗。

再者，我觉得有一个特别重要的点：看到事物本身。人们焦虑的时候，往往是由一件事情，或者很多事情串在一起，触发了焦虑开关。但事件发生的时候，不是以自我为原则，情绪会干扰判断。更不是以别人的标准为原则，而是要以事物本身的规律为原则。要锻炼自己跳出来看事情的能力，对事不对人。看这件事情发生的原因是什么，发展的走向是什么，通过不同路径干预后会走向哪里。在这个过程中，会提高自己解决问题的能力、学习能力和抗压能力。这三个能力，相辅相成，不断提升。

年轻的时候我抗压能力很差，从小被家人保护得太好，一点小事也扛不住，动不动就觉得天要塌了。开始工作尤其是创业以后经历很多事情，抗压值无形中不断提升。现在在我内心，对压力值有个排序：哦，它啊，以前遇到过类似的，好解决；这个稍微麻烦一点，但也还行，没啥不良后果；呜呼，这个更麻烦了，但好像一时半会儿也不会翻车，放一放再看吧！"放一放"，这三个字特别重要！原来我总想立时三刻解决很多问题，后来发现，"放一放"，很多事情自然就有了答案。

沟通能力也是很重要的一环。这些年，我会更在意明确地沟通，有效地沟通。经常发现大家面对面坐在一张桌子上，看似讨论得热火朝天，但说的都不是一件事情。不管是同事之间，甚至家人之间，都没有"心照不宣"。尽量要把自己的意图，或者说自己的期望表达得明确，这样才更高效。甚至有很多时候，自己的想法都是模糊的，却希望别人能够清晰get，这个太难了！

最后，要说一个很虚妄，但非常核心的点：配得感。对自己拥有的一切，要珍惜，且坦然。并且，对未来始终有希望。印象很深,大概七八年前吧,生活进入一个看似很平稳的阶段,但我分外焦虑。我和L先生有天进行了一场很深刻的对话,他问:你到底在焦虑什么?我说不出来。他说:你只是怕失去。那我问你,是一无所有的人怕失去,还是拥有更多的人怕失去?我不假思索:当然是拥有更多的人。这句话说出口的瞬间,我就释怀了。当下,很多人都在迷茫。但我的这种焦虑没再来过。因为七八年前的那场对话,还在我心里:现在还好,这就够了。不要担心还没发生的事情。珍惜自己已经拥有的,认为自己还会拥有更多。

(原载《新民晚报》2024年6月12日)

# 有趣之人与无趣之人

◎ 何 华

《红楼梦》真是好看，写了那么多有趣的人，刘姥姥、贾母、贾琏、薛蟠、凤姐、茗烟……多么有趣啊，尤其刘姥姥，活灵活现妙趣横生，一出场就是一片笑声。这些人的有趣又不尽相同。

有趣之人不容易写，无趣的人就更难写了。曹雪芹真是神人，书里也写了很多无趣之人，贾政、王夫人、邢夫人、尤氏、迎春、惜春、妙玉等都很无趣。想必曹雪芹身边也有一群无趣的朋友，观察他们，了解他们，所以写得好，且各有各的无趣，写出差异。贾政这么一个无趣的人，为了逗贾母开心，居然也说笑话。这就是孝心使然，曹雪芹懂人性！

王夫人不仅无趣，还愚痴。在撵金钏儿和晴雯事件中，都是主谋。抄检大观园，也是她发起的。王夫人的胞妹薛姨妈就智慧多了。"娶老婆先看丈母娘"，宝钗遗传了薛姨妈的情商和智商。

邢夫人是贾赦的续弦妻子，虽为贾府大太太，但地位远不如妯娌王夫人。邢夫人比王夫人还要愚痴，贾府上上下下都不待见她。相比之下，赵姨娘是个妾，为人又不堪，招人唾弃也是她自找的。邢夫人虽是续弦，但她是堂堂正正的夫人，本不该落到这般田地。她的尴尬处境同样也是她的果报。邢夫人为了讨好丈夫，居然要贾母的大丫鬟鸳鸯做自己丈夫的小妾，这可把贾母得罪了。

除了无趣,她还愚蠢、善妒、贪婪。

《红楼梦》第四十九回《琉璃世界白雪红梅　脂粉香娃割腥啖膻》写了宝玉和一群女孩在大观园芦雪庵雅集,即景联诗,偏偏又弄出一段大雪天烧烤情节,诗社活动与烧烤结合起来,倒也挺搭配。园子里的小姐几乎倾巢出动。曹雪芹特地提了一句:"二姑娘迎春生病没参加,四姑娘惜春孤僻告假,也没出席。"这是间接写她俩的无趣,是"不写之写"。这么一个兴致勃勃的活动,如果她俩在,也是扫兴,还不如找个理由除掉这两人。

第七十四回抄检大观园,发现惜春的贴身丫鬟入画私自传送、保管了她哥哥从贾珍那里得到的赏物,惜春毫不留情把入画撵了出去。为了此事,她和嫂子尤氏一番口角。惜春、尤氏这两个无趣的人吵架,和凤姐与贾琏吵架自是不同。这四姑娘平时少话,一旦爆发也就不可收拾,说出来的话看似刁蛮无理,却又句句在理,呛得尤氏毫无招架之地。这也反观出两人性格的不同。尤氏虽无趣,但基本上是个好人,也证明了她不善言辞,是个"锯了嘴子的葫芦"。

李纨也少趣,但她识趣,不同于上面无趣的人。她的寡妇身份不能太有趣。她其实能言善道,平时都藏着,她是那种有趣的无趣,不同凡响。薛蝌的无趣自是别有滋味,他寄人篱下,只得规规矩矩,一规矩就少趣。但他是美男子,即使无趣也诱人,木有木的味道。

我们身边的朋友,有的有趣,有的无趣,一样都是芸芸众生,值得细细体味。

(原载《羊城晚报》2024年8月15日)

# 看 画

◎草 予

地图挂在墙上,常常拿它当画看。

看疆看界之外,也看河看海。大河如经,小溪如络,经络交贯,血脉奔流,大地于是浑然一体。湖是点,海是面。所有的水,在地图上都是澈澈的蓝,不垢不染,好看至极。

当世界变成地图变成画,惊峰险渊也好,怪禽猛兽也好,全都消失了。山无色,水无声,草木鸟兽鱼虫,万物齐刷刷从地图上掉落下来。大地,只是好看的平面,点、线、面,都很好看,天成地造之作。

越草的书,也越像画。满纸笔墨奔走跌撞,天上来,奔海去,分不清哪段是哪段,认不出哪个字始,哪个字终。

为什么要执意分出认出呢?那本就是一张画,如同水墨一幅,拨不开半天江南的雾,撩不开一帘三月的柳,好去看清乌篷船头立着怎样一位佳人。朦胧,是画的属性,也是诗的属性。

书,是写出来的,也是画出来的,照着捉笔人的心事,落在纸上。初临《兰亭集序》,眼前是有画的:三月的春山,一群才子曲水流觞,饮酒赋诗。皆已薄醉,皆已微醺,此时,王羲之提笔,为众人的诗写序添花。心情不算太差,字也都俊朗飘逸,虽然克制,往后细看,还是看出一层浅醉的。《丧乱帖》不敢临,字字悲郁，已经先吓到我了。看得出他在努力压抑平复自己，也在努力压抑平复手中的笔，可心到底是乱的，笔又如何平静得下来，你看他，间行间草，时轻时重，什么都隐瞒不了。

看画，常有束手无策之感，知道拿笔人的悲苦愤懑，却只能眼睁睁看着，帮不上忙，解不了劝。《红楼梦》就是这样一轴长画，一开始就把人物命运交底了，画外人明知那是悲剧，还要目睹悲剧步步酿成，无能为力，一声长吁。

不当画，只当字，这一切就不存在了。字是美的，是艺术的，永远不会是悲剧的。

他们告诉我，临摹颜真卿《祭侄文稿》，是要一并临摹错字误词的。那是全书的一部分，甚至恰是旨趣所在。没有了率意涂抹，没有了随心所欲，颜真卿的那一腔悲愤便无法跃然纸上。越正确越干净的笔墨，就离颜真卿越远。

要我说，这一幅大可不必去临，临字不难，难的是那份长歌当哭与郁结痛彻。那就当画看好了，这一回，不是端庄稳重的颜体，是一笔血一笔泪的颜真卿。可以想见，他飞笔翔墨，涂涂抹抹，末了，愤然掷笔出窗，一眶热泪湿了衫。画外人，隔纸心疼。

对着诗词，往往发呆，仿佛也看见了画。

所谓伊人，在水一方，是画。慈母手中线，临行密密缝，是画。晓月暂飞高树里，秋河隔在数峰西，是画。送人发，送人归，白蘋茫茫鹧鸪飞，是画。落日楼头，断鸿声里，江南游子，是画。料峭春风吹酒醒，微冷，山头斜照却相迎，还是画。

诗家都是译家，他们把画译成诗。

在街头，百看不厌的是，陌生人的面孔。既无打量各式人生的好奇，也无窥探百态人间的贪图，单纯看时间在他们脸上作的画。时间塞给每个人的，原来是不一样的笔墨，没有谁与谁是一样的面目。即便五官相似，面目依旧各异。好看的画展很多，最动情的还是在街头，看人往来如画。各人有各人的作品。

  人早晚都会洗脸，脸上的妆是可以洗去的。脸上的画，却总是挂在那里，洗不去，也摘不下。

  我们不知道时间那么忙，它一直在我们脸上创作，攒笑如花，镂纹如錾，敷尘如霜，皆出其手。这样看来，生与死之间就是一场画事，我们空白而来，携作而去。

（原载《今晚报》2024年5月11日）

# 代叩阍

◎ 李向伟

古语有云:"穷死不做贼,冤死不告状。"可见百姓诉告之难,但还是有不顾一切地要把状告到皇帝老子那的。明张自烈《正字通》就说:"凡吏民冤抑诣阙自诉者,曰叩阍。""诣阙自诉"就是赴京都告御状。主要有三种方式:一是"登闻鼓",就是在朝堂外击鼓喊冤;二是"匦函",类似于现在的举报箱;三是"邀车驾",意为拦驾喊冤。

自魏晋始,差不多历代都设"登闻鼓"。《魏书·刑罚志》说:"世祖阙左悬登闻鼓,以达冤人。"《唐会要》也有"有抱屈人斋鼓于朝堂诉,上令东都置登闻鼓,西京亦然"的记载。《元史·世祖本纪》亦云:"诸事赴台、省诉之,理决不平者,许诣登闻鼓院击鼓以闻。"这样看来,好像百姓的冤诉渠道是非常畅通的,甚至都可以直接到皇帝上班的地方击鼓伸冤了。但实际上,皇宫大内卫护森严,别说靠近了,你就是走得慢一点,都有可能遭到盘问。再者,即便侥幸能击响"登闻鼓",还要受刑责。清代就规定,击登闻鼓者,先廷杖三十。

"匦函"始置于唐代,"设匦函以开言路",皇帝敞开胸怀让臣民提意见告状,看上去的确很美好。可实际上呢,投"匦函"告状,能上达天听的机会也非常渺茫,投进去往往跟石沉大海差不多。唐代大诗人元稹就对"登闻鼓"和"瓯函"不屑一顾,他在《献事表》中说:"凡今之人,以谏鼓瓯函为虚器,谓拾遗补阙为冗员。"

"邀车驾"更不容易。首先你得大约知道皇帝出巡的行程;其次还需要足够机灵和足够好的运气,要能够突破皇帝车驾的层层防卫;最后还要会"表现",要闹出足够大的动静,引起皇帝或随扈的注意。

对普通百姓来说,要同时做到这几条,简直比登天还难。要么你压根儿就接近不了皇帝的车驾,要么还没见到皇帝的影儿,就挨上一顿乱棍。运气坏的,还会被"图谋不轨",面临牢狱之灾。

"有钱能使鬼推磨",这在告御状圈儿同样适用。在清代,就有人专门吃"代叩阍"这碗饭。清人徐珂编撰的《清稗类钞》说:"或言专有一等人,代人为此,亦不须多钱,……为此者极多。"

《清稗类钞》记载了一次代叩阍的情状:"其人伏沟中,身至垢秽,俟驾过时,乃擎呈状,扬其声曰冤枉。"穿得破破烂烂,藏身于污水沟中,等御驾经过时,突然高举状子,大声喊冤。这时如果运气足够好,就会有侍卫过来将该人拿获,状子呈报给皇帝,叩阍就成功了。

代叩阍成功并不意味着这单生意就完成了,还得接着干:"其人拿交刑部,解回原省。"等到案子结了,仍然不能额手称庆,还有"杖刑"甚或是"充军"等在后面。

这种又脏又累还高危的工作,报酬也不高,竟然还"为此者极多",难道这些人脑子有毛病?《清稗类钞》给出的答案是:"缘此等本是丐流，既得讼家钱，且解省时，沿途均官为之供食，狱结，照例充军，又可中途脱逃……"

封建社会的官吏徇私枉法、鱼肉百姓，冤狱层出不穷，百姓求告无门、叩阍无计，竟然催生出了代叩阍这一"职业"，让人唏嘘。身处社会最底层的乞丐流民，为了生计竟然甘冒风险代人叩阍，其生活之艰难、生存状况之险恶，可见一斑。

（原载《杂文月刊》2024年第7期）

# "新中式"与"老钱风"

◎ 阿　蒙

不少网友都发现，很多所谓的网络热词，本质上更像"缝合产品"：不管两个或几个概念、元素或字词是否适合搭配，有人就是要硬生生把它们"缝合"在一起，"拼接"出一个自以为是的新概念，比如所谓的"新中式老钱风"。

"新中式"是近年来流行的穿搭风潮，其覆盖范围比较广泛，历朝历代的服饰元素都可以借鉴，一般呈现为既有古典风情又适合现代生活的着装造型，广受中青年人群喜爱。大致从今年年初开始，一批商业平台用户开始使用"新中式老钱风"或"中式老钱风"作为醒目标签，借以营销昂贵的传统手工面料以及复古化的生活消费方式。

在民族认同感、民族自豪感不断增强的今天，"新中式"时尚注定前路广阔，但"新中式"和"老钱风"缝合在一起能营销出更高的商业价值吗？显然不能。"新中式"体现的是对东方时尚观念独立的推崇，而"老钱风"里带着浓浓的西方文化观念的余韵；前者是去粗取精，把古典时尚和现代生活结合起来创新，后者则纯纯是简单粗暴的"拿来主义"。

尤其需要强调的是，"老钱风"在中文语境和社会文化中根本不具备引领潮流的魅力。"老钱"这个词，在中文里本是字面意思，指的是过去的钱币。但在英文里，"老钱（Old Money）"指的是家族财富、权势已经世袭数代的家庭和个人。"老钱（旧贵族）"鄙视"新钱（暴发户）"也是西方影视文学作品中常常提及和表现的社会现实剪影。

当今天一些自命时尚倡导者的自媒体和网友提到"老钱风"时，代入的视角很可能是西方文化中"Old Money"的"姿态"和"尊荣"，而往往并不想更真实、更具体、更形象地为普通网友解释这个词所指的族群在我国文化中对应的形象。为什么呢？因为用再多的"民国生活"趣味或"魏晋风流"逸事来装点"老钱"的门面，都不如曹雪芹在《红楼梦》中描写的"半旧"来得生动形象：黛玉进贾府，看见的是王夫人房里"半旧"的引枕、"半旧"的坐褥，等等。"半旧"的贾府是不是资深"老钱"？当然是！那么"老钱"万古长青了吗？还不是树倒猢狲散，落得个白茫茫大地真干净！

再老的"老钱"，老得过"旧时王谢""当年万户侯"吗？不仅从数千年历史文化中汲取营养、谋求创新的"新中式"不相信"老钱风"，众多看惯了"青史几行名姓，北邙无数荒丘"的人更不相信"老钱"。把无关的概念生硬"缝合"在一起，注定无法焕发出真正的文化生命力，只能沦为互联网世界里昙花一现的拙劣营销。

（原载《今晚报》2024年5月5日）

# "苦口婆心"还须"良方猛药"

◎ 朱国平

爸爸带着老父及两个双胞胎孩子在浴室洗澡,天伦之乐,其乐融融。突然,电话铃响了,爸爸被纪委约谈,接受调查,继而锒铛入狱。为了不给孩子造成心灵伤害,长辈极力隐瞒真相,变着法儿哄骗孩子,说爸爸出差或者加班了,暂时无法回家。懵懂无知的孩子,起初相信,后来似信非信,再后来哭哭啼啼,千呼万唤,苦苦寻找。这是某地纪检部门以真实事件为基础,组织拍摄的微电影《爸爸,你在哪儿》的故事梗概。简单的情节,却令人动容,引人深思。腐败,是见利忘义、以权谋私的自我毁灭,更是对家庭、对身边无辜亲人的伤害。即使为了孩子,为了家庭幸福,也须自重自爱,远离腐败。这是对"爸爸"们苦口婆心的劝喻与告诫。

其实,对爸爸深情呼唤的,绝不仅仅是孩子。主人公的人生角色是多重的,他既是孩子的爸爸,又是父母的儿子,还是一个挚爱着他的女人的丈夫,还可以是兄长,是挚友,是某一个行业类别的精英与翘楚。他突然成为这些正常社会联系中的黑洞,对每一个方面,都是残酷的打击,都有无法言说的痛楚。孩子岁数小,三年五载或十年八载,尚有见面的时日,父母年事高,风烛残年,说不定一别竟成永诀。至于原来"背靠大树好乘凉"的妻子，且不说其具有"丧偶"之恨，就是以一个女人的柔弱之肩，要担起一个倾颓的家庭，已足以让人心生唏嘘。家人之外，但凡关心关爱自己的，哪一个没有深切的心灵之痛？人非草木，孰能无情。即便不为自己，为那份浓浓的亲情，为那份沉甸甸的家庭责任，为不负社会所期，"爸爸"们也不可丢失清廉这一做官做人的底线。

对于贪腐的后果，当事人不会不知道。接二连三地被打被拍的老虎苍蝇，昔日风光人上人，一朝倒台万人唾。早年有高官因贪污被判处死刑，为钱而丢了身家性命，之后因贪腐而受到法律惩处和制裁的，一直续有其人。这些生动的反面教材，无一不揭示着一个最朴实的道理：君子爱财，但须取之有道；揽不义之财，犹如身揣炸药包，纵在未爆之时，亦惶惶不可终日。

然而，尽管反腐力度不断加大，贪官人数依然有增无减，且贪腐的数额不断增加。究其原因，是在巨大的利益诱惑面前，贪官们心存侥幸：万一脓包不被捅破，那不仅有艳若桃花的美丽，更有享不尽的荣华富贵。马克思在《资本论》里，引用邓宁的一段话，说："资本如果有百分之五十的利润，它就会铤而走险；如果有百分之百的利润，它就敢践踏人间一切法律；如果有百分之三百的利润，它就敢犯下任何罪行，甚至被绞死！"这里表面上说的是资本，实质是揭示了人性的贪婪。权力寻租无需资本，是无本万利，更能激发一些人的亢奋与冲动，践踏法律，铤而走险。

亲情呼唤，苦口婆心。利用人的向善本能，以家庭伦理激发人的良知，从而洁身自好，这对于反腐倡廉，自是不无意义。只是面对强大的物质诱惑，亲情感化常常显得势单力薄。在一些腐败案中,"爸爸"们的犯罪动机,居然有的情系孩子未来,比如为了送孩子出国留学,为了给孩子营造舒适的安乐窝,等等。这提示我们,亲情其实是一把双刃剑,有时候,它可以促成人的向善之举,有时候,也可以成为遮蔽视线的雾霾。所以,"苦口婆心"之外,还须有"良方猛药",须通过系统的制度建设,给"爸爸"们戴上"嚼子",堵住他们面前的"财路",让他们由不忍贪,变为不敢贪,无法贪。

(原载《杂文月刊》2024年第1期)

# 唯有信任不可辜负

◎ 张树民

大约在我十一二岁时,某个星期日,大哥陪大嫂回娘家办事,需要一个看家望院的人。大嫂从不轻易信任谁,她选来选去,认为我比较靠谱,于是让我到她家"当差"。临行前,大嫂打开一个密封的坛子,醉枣的香气,瞬时弥漫开来。大嫂取出两大把醉枣对我说:"醉枣虽然又甜又香,但是不要集中多吃,吃醉了可要遭罪。"说罢,她又把坛子密封起来。

一颗颗醉枣,圆滚滚胖乎乎,鲜红欲滴。馨香,诱得我口腔生涎,肠胃兴奋。取一颗入口一尝,大枣的甜糯伴着酒香,在口腔里萦绕,倘若不强行控制,真的停不住嘴。我怕吃醉了,就拉开点间距吃,慢慢咀嚼。即便如此,不到半天时间,那些醉枣通通入了肚。

"馋虫"直闹腾,我时不时围着醉枣坛子转悠,观察封口是不是有记号;研究坛口系的绳扣,我能否系得一模一样。几次想动手开封取醉枣,但终于没敢做。我想,万一大嫂做了记号,我偷嘴吃的名声可就传出去了,多不光彩。与"偷"沾边儿,以后谁还信得过呢?

等兄嫂归来,大嫂在屋里"视察"一遍,笑着说:"好样的,大嫂没看错你!"此后,我"信得过"的名声便传扬开了,我庆幸没敢偷吃醉枣。被信任是幸福的，被信任可使人高尚起来，让我不敢辜负基于信任的任何托付。

一晃，我十八九岁了，"信得过"的名声更响亮了。暑假时，附近的果园要雇护园人，一个月40元。上世纪80年代初，40元已经很可观了。没料到，果园主主动找到我说："我想让你来看果园，直到开学，干不干？"我有些吃惊地说："我很想假期挣点钱，但我能行吗？""来吧，信得过你！"一个多月，我日夜在苹果树间巡逻。缀满枝头的苹果，红的艳，绿的翠，果香扑鼻。已经成熟的伏果，是重点看护对象，防止被人偷摘。虽然日日在果树下晃荡，我从未"监守自盗"。我珍视信任，视之为宝，唯恐辜负了那份信任。

信任是珍贵的，无异于奢侈品。若想赢得他人信服，就要绝对真诚不欺，严苛自律，即便只有天知、地知、我知，手也不能伸，方能取信于人。信任又是易碎品，只要失信一次，信任便消失得无影无踪。虽然"千金散尽还复来"，但是，失去的信任是不能重新得到的。

晋代傅玄《傅子·义信》云："祸莫大于无信"，"以信待人，不信思信；不信待人，信斯不信"。意思是说，待人真诚守信，本来人家不相信的，也会相信了；待人失信，伪诈相欺，本来人家相信的，也再不敢信任你了。只有为人真诚不欺，才能赢得别人的信任。

武则天深知信任的重要性，她在《为官须知》中说："故君臣不信，则国政不安；父子不信，则家道不睦；兄弟不信，则其情不亲；朋友不信，则交易绝。夫可与为始，可与为终者，其唯信乎。"笔者还想接着说，夫妻不信，则婚姻败；社会失信，则伪诈兴；失信于人，则出路闭塞。丧失信任，人不立，事难成，其害甚矣。

信任，是尘世间最令人心安的词；信任，蕴含着超人的力量。被信任，对人生来说，意义非凡。珍贵而易碎的信任，关乎着世间方方面面的成败。人生不能没有信任，每个人都应争取信任。一旦获得信任，切勿因透支信任而失却信任。建立信任很难，而破坏信任只要一次失信足矣。

社会也呼唤信任，然而，信任不会自动从天上掉下来。建立互信的和谐社会关系，有赖于人人心灵的真诚之花绽放。真诚，是信任的滋养剂，只有用真心待人，才能赢得信任。通往财富和幸福的路径，只有不懈的奋斗和真诚才能打通。而真诚的自律，则关乎着从政者信用指数的高低。欲取信于民，清廉奉公是不二法门。总之，无论是谁，辜负了信任，前程定然荆棘丛生。

（原载《今晚报》2024年4月25日）

# 用什么语言思考

◎ 孙　颙

这篇文字，得之偶然。

不久前，用于写作的电脑，忽然停止工作，黑色的屏幕上呈现出来的，只有几行代表故障的英文字。请了专业修理电脑的师傅上门，捣鼓了片刻，告知，是硬盘被烧坏了，似乎怕我不相信，特地取出硬盘，在仪器上演示出烧坏的证据。我有点儿着急，自己偷懒，新近写作的文字，没有备份。我问师傅，在更换硬盘和重装系统之前，能不能设法把原来的文件取出来？师傅看我一眼，冷淡地道，硬盘烧坏，文件自然消失，除非用特殊的专业工具，在固态质的存储中，试一试能不能找到原有文件，也许仅是部分恢复。我不懂那些专业术语，只得全部拜托师傅，让他把手提电脑带走，尽力帮我恢复储存的文字。

隔日，师傅发给我数百中文字，说是从固态质的存储中扫描出来的，问我这些文字是否有价值，同时还发来一堆乱码似的符号，解释道，那是从底层扫描出来的文字储存。看着数百字熟识的语言，我的心中，顿时洋溢开失而复得的愉悦，千恩万谢，央求师傅把那堆乱码也尽力解开，还我成千上万的写作积累。

在等待师傅完工的两天里，我不时去看那些乱码般的符号，所谓的"底层文字"。我觉得好玩，反复推敲出来的汉语文本，到了电脑里面，怎么就变成如此奇怪的符号？顺着这个思路，我想了很久很久。

热闹非凡的人工智能，从运行的基础看，还是植根于电脑的语言系统。电脑的运算速度，特别是它具备的海量储存能力，远远超越进化了数百万年的人脑，人类甘拜下风。不过，在基本的语言辨识上，计算机的数据系统，未必比人脑聪明。计算机只能辨析"0"和"1"两个符号，所有的语言图像，唯有转换为"0"和"1"编码的数据格式，才能被机器处理。我面前的那堆乱码似的符号，正反映了汉文字转化为电脑数据格式的过程。在面对丰富的大千世界时，人脑的适应性、灵活性，还是明显强于机器。一个孩子，生活在某种语言环境，就可迅速熟悉那里的文化表达。人脑，能够自由接受各种语言的输入，而不必进行格式的转换。

人类的语言，大体分解为口语和书面文字。口语与书面文字表现形态基本一致，是多数拼音文字的特点，属于声音控制书写。口语与书面文字的表现形态存在隔离的，目前的主要代表是汉语，仅仅听声音未必理解语词的含义，需要通过书面文字来辨析。两大形态，各有优劣，长短互补。拼音文字的好处，是易学易用，所以迅速席卷世界，淘汰了某些地区古代的象形文字。汉语却顽强地坚守着自己的阵地，至今充满活力，仔细想想，是得益于它与广袤的神州切合的长处，在中华浩瀚的地域，各地口语差别巨大，如果采用拼音文字，很难互联互通，祖先明智地走了另一条路，书面文字一致，促进了文化的交流和统一。因此，五千年文明绵延，汉语居功甚伟。

在维特根斯坦看来，一切思想的表达，都要付诸语言。换句话说，所有的思辨，本来是用语言进行的，语言的差异，也多少决定着文化的差异。即使同为拼音系统，欧洲大陆上的两大民族语言，法语被公认为奔放浪漫，其孕育了众多诗意文化，成为法国文化的重要特点，而德语的严谨，则是逻辑思考的强大工具，也是德国哲学大师层出不穷的原因。

计算机诞生后，曾有人预言，鉴于计算机的语言系统是基于拼音文字所设计，因此，庞大而烦琐的汉语体系，因为难以在计算机上应用，而面临被终结的命运。现在看来，那是狭隘的偏见，也是文化认知的盲目。仔细想想，计算机的"0"和"1"的语言框架，非常接近于八卦文字的"长"和"短"的结构。机器并无偏见，它把所有的语言和图像，统统转化为自己的数据格式。其实，凡是延续发展了数千年的文化，必有自己的优秀之处。格致交流，繁荣共存，才是明智。

（原载《新民晚报》2024年9月8日）

# 要允许有"谔谔之言"

◎ 范国强

《资治通鉴》记载了光武帝刘秀的一段逸事：睢阳县令任延升任武威太守时，刘秀曾亲自找他做任前谈话，要求他要"善事上官，无失名誉"。刘秀本是出于对任延的关心和爱护，但任延却并没有领这个情，他坚决反对刘秀一味要求下级迎合上级搞好关系的做法，特别说明"履正奉公，臣子之节"乃做官本分。若"上下雷同"，唯上是举，对上"吹、拍、哄"，对下"唬、吓、压"，这样的上下级关系"非陛下之福"。最终表态"善事上官，臣不敢奉诏"。刘秀见状，叹了口气，说"卿言是也"。不但未怪罪他，还将这次谈话原原本本地写入了正史《后汉书》。

汉朝宗室的后代刘毅做司隶校尉的时候，晋武帝司马炎有一次问他："拿我与汉朝的皇帝比，你看我比得上哪一个？"刘毅想了一想回答："我看陛下跟只知道卖官、增税、大修宫室的东汉桓帝、灵帝差不多。"司马炎很不满意地说："我平定了东吴，统一了天下，你打比得不够恰当吧！"刘毅毫无顾忌地说："桓帝、灵帝卖官，得来的钱放在国库里。陛下也卖官，得来的钱却都归你私人。从这一点来看，陛下实在连桓帝、灵帝还不如哩！"司马炎毕竟了解刘毅，他也没有以刘毅此言为忤而动怒，而是默认其说的是事实，不仅未嗔怪刘毅，仍然对其一直重用。

类似刘秀和司马炎的还有一个唐太宗李世民,有一天他同魏徵讨论他的政声,魏徵直言不讳说不如过去,理由是在贞观年间唯恐下面不说话,鼓励进谏。中期对于正确的批评还乐于接受。现在则不同了,不主动听意见,有时勉强听了,却摆出一副难看的面孔。魏徵还列举了一些具体事例,李世民无可辩驳。他也没有丝毫不高兴,最后只得说:"非公不能及此,人苦不自知耳!"

《史记》中有言:"千人之诺诺,不如一士之谔谔。"这"谔谔"即敢于直言不讳。但凡能发"谔谔之言"者,必身怀公正无私之心,任延、刘毅和魏徵正是这样的诤臣。难能可贵的是身为"一把手"却能听得进"谔谔之言"者,刘秀、司马炎和李世民正是这样的明君。

历史是一面镜子,一个单位内能否有"谔谔之言"关键取决于"一把手"。没有或缺少"谔谔之言"的班子,看似很团结统一,实际上往往存在"会上不说,会后乱说"的现象,矛盾和问题总有一天会爆发出来。这就要求我们的"一把手"们要有真正落实民主集中制的坦诚,不搞"一言堂",不当"一霸手";要有虚怀若谷的胸怀,听得进不同意见;要有善于借助集体智囊的才能,能够使大家充分地把意见表达出来。在平时就应当注意努力营造一个比较宽松的环境,使班子成员没有提不同意见的后顾之忧。让我们时刻牢记教导:不要因"小问题没人提醒,大问题无人批评,以致酿成大错。正所谓'千人之诺诺,不如一士之谔谔'啊"。

(原载《前线》2024年9月11日)

# 与陌生人同行

◎ 查理森

人一生中很多时候都在行走之中。走的路多了，遇到的人自然就多。虽然是萍水相逢，彼此本不相识，但相遇相伴的次数多了，就难免会生出一些故事，留下难以抹去的印迹，一如点点星光闪烁在岁月的长空。

20世纪70年代末，我有幸在恢复高考的第三年拿到了录取通知书。学校远在成都，与我的家乡皖南泾县相距2000多公里，我要先坐汽车赶到同属一个地区（行署）的繁昌县，搭乘铁路宁铜线（南京至铜陵）火车到南京，再由南京换乘上海开往成都的82次特快列车。虽然需要多次辗转，但考上大学的喜悦冲淡了所有的辛苦，心里充满的是快乐和自豪。

从繁昌上车后不久，一位梳着短发、穿着浅色短袖衫的中年女士坐到了我的对面。也许她从我父亲和我的穿着及随身的行李上看出了我们此次旅行的目的，便问道："是去上大学吧？考到哪儿了？"她面色和蔼，文质彬彬，说话轻声细语。当听说我是去上大学中文系时，她对我表示祝贺，还夸我父亲教子有方。

在交谈中我们得知，她是一名20世纪60年代初毕业的"老"大学生，还曾经去苏联短期学习过，现在南京从事科研工作。聊了一会儿后，她对我说，虽然你读的是中文系，但我建议你还要好好学一门外语,这样能开阔眼界,接触更多的文化,而且以后事业发展的机会也会更多更宽。最好是比较冷门的外语,如法语、德语、西班牙语等。现在英语、日语学的人太多,多了就不金贵了。

两个多小时后,火车到达南京站,这位女士也就和我们告别了。我甚至没顾上问一句她贵姓。当然,她也没详细问我的姓名。在她,可能就是有感而发地对一个晚辈后生说了她对学习的见解,也并没有要求我去做什么。而我,却牢牢记住了她说的话。进校后还真的打听过学外语的事。遗憾的是,学校当时只有英语和日语两门公共外语课及专业课,想学法德等语种,根本就是空中楼阁。我也就只好把这个念头扼杀了。

欣慰的是,我记住了这位陌生旅伴建议的核心要义,在认真学好本专业的课程之余,尽可能多地涉猎相关的学科和知识,开阔眼界,不断丰富自己的文化储备,主动应对社会环境的快速变化,适应生存和工作的需要,跟上时代发展的步伐,坚决不掉队、不落伍。

岁月就是在人与人之间的相遇相识、相别相忘中翻过一页又一页,在这不断的相识相遇中,往往能获得意外的启示和能量,体会到日子的温馨与美好。如果说宁铜线上的这一次偶遇带给我的是"学"与"知"的醒悟,那么,那年在家乡山间小道上的一次偶遇,则是激发了我战胜困难的信心和勇气。

那是大学时的第一个暑假,我和中学时代最好的朋友小曹一起,去一个叫汀溪的乡镇看望我们共同的好友小盛。当时汀溪还没有通公共汽车,我们要先从县汽车站坐车到与它相邻的爱民公社，再步行10多里才能到达。

那天阳光明媚。虽然是仲夏时节，但在山区，清风拂面，四处绿荫，天气仍是凉爽怡人。我们兴高采烈地踏上了旅途，想着给好朋友一个惊喜。

坐着一辆老旧的客运班车，在崎岖蜿蜒的山路上颠簸、摇晃了两个小时，中午时分，我们到达了爱民公社。走下汽车，稍稍缓了缓神，便向路边的老乡打听去汀溪的路，更想着是否能搭上辆拖拉机，免得双脚跋山涉水了。

不料，老乡告诉我们，去汀溪方向的路前天被山洪冲坏了，走不了，只有等一两天，水退了才行。我和小曹失落地望着前方逶迤的山路，进退两难了。

就在这时，身后响起了一个声音："你们也去汀溪？"

我们回头一看，是同车而来的一个身材不高却很结实的中年男子。他走到我们面前说："我去汀溪采购土产，听他们讲路坏了，过不去，但我想走走试试看。你们走不走？要走就一起做个伴。"

我俩说："路坏了怎么走？你晓得别的路？"那人笑了笑，点了一支烟，抽了一口之后说："路就这一条。车子走不了，人可能还能过去的。愿意就一起试试。"眼前也没有别的办法，我和小曹决定就跟着他一起往前走。

边聊边走，大约走出了二三里地时，一条水流湍急的小河挡住了我们前行的路。站到河边，那人一时也有些沮丧："完了，河上的小木桥被冲掉了。本来过了河再走五六里路就到汀溪了。桥没了就有点小麻烦了。"我们又一次陷入进退两难的境地。

那人顺着河边来回走了几遍，又向河中间扔了块石子，然后对我们说："我试了试，水不深，能走过去，大不了衣服湿掉。"边说着，边开始卷裤脚，并把鞋子脱了，两根鞋带拴在一起，把鞋挂在了脖子上，又从路边捡了几根粗粗的树枝递给我们："我准备过河，你们怎么样？敢过吗？"见他这般坚决和果断，我俩也毫不含糊，异口同声地说："敢！"说话间也像他一样，卷起裤脚，把鞋脱了拴着挂在脖子上。

三人手拉手一字排开走下河去，那人和我一前一后，一手挂着树枝，一手拉着小曹，小心翼翼地往前蹚。河床上大大小小的石头硬生生地硌着我们的脚板，疼得我们龇牙咧嘴。刚开始水不算深，只漫过脚脖子，可越往前走，水就越深越急，走到河中间时，水已经到了我们的腰部，下半身便感觉有点飘忽起来。那人提醒我们，一定要踩稳了再迈出下一步。我们心里虽然充满恐惧，但表面上还做出很沉着的样子，顶着水流的冲击，咬着牙一步一步地往前走。

好在河并不宽，最深的那段更是不长，很快我们就走到了对岸。长出一口气，把长裤脱下来拧了拧，甩甩脚上的水，穿上鞋，回头用一种胜利者的神情看了看那条小河，就继续赶路了。到了汀溪镇口，那人和我们挥手作别，去村里的农户家收他的土特产去了。我和小曹走进镇子里，穿过一条街巷，找到了正在窗前做作业的小盛。我们神兵天降般地到来，让他喜出望外。在听说了我们一路的历险后，他母亲严肃地批评了我们，说你们胆子真大，有个万一怎么办？我们知道老人家是担心我们的安全。想想在河里被水冲击时的情景，我们心里也感到一阵后怕。但好友相见的愉快很快就冲淡了这份后怕。

  此后多年，我常常会想起这一次的"历险"。如果没有遇到那位采购员，我和小曹肯定就会在爱民打道回府了，退回城里去，等到水退路通。那样的话，不仅看望好友的计划泡汤，而且此生又多了一次失败的记录。有了那位陌生旅伴的带动和激励，我们勇敢地继续前行。虽然涉水过河确实有点冒险，但是在当时却是不二的最佳选择，只有这样，我们才能得偿所愿。

  漫漫人生路上，难免有前景不明、结果难预料的时候，是"试一试"还是"等一等"，需要有果断的决定。选择前者，至少还有一半成功的可能；而选择后者，肯定只能一无所获。显然，这不是人生选择题的优良答案。坚定地选择"试一试"，或许会面对不确定的危险。但义无反顾地走下去，迎来的往往就是繁花似锦、阳光明媚，是喜悦和快乐。

（原载《中国新闻出版广电报》2024年5月9日）

# 普通人的权利

◎ 周友斌

身边好些人，常常无端自轻，总觉得自己很"无用"。作为普通人，除了宪法赋予我们的基本权利外，生活中其实还有很多被忽略的天赋权利，看似平常，却非常重要。

比如读书学习的权利。读书，不仅能丰富知识，开阔视野，更是一种充实内心、愉悦精神的深刻体验。笔者至今还没有找到任何一件事，可以与之相比拟。上下几千年，古今中外多少伟大的思想者，你只需通过书本就可以穿越时空，走进他们的内心世界，时间和空间都不再成为束缚……关键是，这样大的权利，很多人并不在乎，觉得是一件无关紧要的事情。

比如追求梦想的权利。人生在世，不能没有梦想和追求。人生的意义，在于自我赋予，要过怎样的生活，完全由我们自己决定。要让人生变得更加精彩，必须不断自我激励和提升，让今天的自己胜过昨天的自己。如果没有梦想和追求，人生的确会变得毫无意义。

比如追求真善美的权利。面对社会很多丑恶现象，很多人总是一面抱怨，一面却又随波逐流地同流合污。其实，越是假恶丑横行时，反而越能体现出真善美的可贵，所以永远不要丧失对正义和善良的追求。一个人的能力有大小，做不了轰轰烈烈的大事，就做些力所能及的小事，只要每个人都发挥潜能，为自己的梦想添砖加瓦，国家和社会也会因此变得更加美好。

比如对子女的命名权和教育权。生养孩子，虽然是人生义务，但会给生活带来无限的快乐和惊喜，更何况，还有命名权和教育权——把他们教导成你希望中的那个样子。尽管不能保证把他们教育成有智慧的人，但至少可以成为一个有教养的人。

还有更多，比如优雅生活的权利、塑造个人良好形象的权利、不断拓展自己兴趣爱好的权利、提升思维模式和专业技术能力的权利……

笔者是个容易满足的人，觉得人一辈子能做自己喜欢的事，就已经很好了，比如有一支笔可以抒发情怀。这篇小文，就是睡觉前一个偶然的灵感，虽说不是高深哲理，但笔者觉得还是值得把它记录下来——写与不写，也是写作者的权利。

李白说："天生我材必有用。"每个人来到这个世界都是独一无二的存在，只要我们努力向上，一定能发现自己存在的价值。

（原载《今晚报》2024年4月30日）

# 名师与高徒

◎ 管继平

"名师"与"高徒"的关系,存在多种形态。被世上说得最多最泛的,自然就是"名师出高徒"了。这句话看似轻松丝滑,好像顺理成章,殊不知个中之进程,实在是难之又难;而其成功之概率,也一定低之又低。不然的话,易给人以错觉,似乎只要拜个名师就行。其实,一艺之成,名师指导仅是一个方面,技法问题是第二个层面,然而由技入道,那与生俱来的天赋和悟性,才是由不得你的"坎"。

奥运冠军陈若琳和全红婵,就是标准的名师和高徒。对曾获二十多次世界冠军又是奥运五金得主的美女教练陈若琳来说,毫无疑问,她是当之无愧的名师。而她接手全红婵时,婵宝就已经是拿过东京奥运金牌的"高徒"了。这种组合实际是"名师带高徒",至于能不能"带出来",在名师一方是"压力山大"的,甚至是不容闪失的。我们知道,竞技赛场上从来就是以成败论英雄的,冠军徒弟交给你,那可不是闹着玩的,那是烫手的"国宝",带得好,名师出高徒,彼此有前途。一旦失手,那就是名师"毁"高徒,届时所有负面言论都会涌来,也够"喝一壶"的。所幸我们的美女教练,以自身的实力顶住压力,虽然三年间有挫折有起伏也有质疑,但最终不负众望而成功卫冕……尽管婵宝平时也是个爱搞怪的"开心果",但当金牌到手的瞬间,她扑进教练的怀中,积聚多时的酸苦委屈和压力一起释放,那师徒相拥泪奔的场景,我反复刷到了多遍,也感动得不行。

莫以为只有"名师出高徒",有时高徒也能带出名师。如果大家不太健忘的话,应该知道二十世纪八十年代我国跳高名将朱建华,他的教练胡鸿飞起先是一名区少体校的业余教练,由于"高徒"朱建华的横空出世,三破世界纪录,胡教练自然也声誉日隆,成了当年体育界无人不晓的"名师",此即为"高徒出名师"。

相比于竞技体育,艺术文化领域的师徒关系,则宽松了许多,也少了诸多大赛的压力。齐白石二十多岁时拜了湘潭名师胡沁园,从此让齐白石从工匠走进了艺术,胡沁园虽然算不上有名,但对齐白石的人生至关重要。如果没有胡先生,就不存在后来的齐白石,因为"齐白石"乃至大名"齐璜"等,都是胡先生为他改的。当然,齐白石此后"青出于蓝胜于蓝",才让人知道这位"胡沁园",此也属"高徒带出名师"的范例。后来,小有名气的齐白石又拜了一位名师,世称"湘绮先生"的晚清诗学文史家王闿运。王是一位名满天下的大儒,诙诡玩世的另类。起初齐白石还不敢高攀,倒是王先生主动,齐白石才拜师入门。说来王闿运的收徒也有点"另类",他之前已收了徒弟,有铜匠曾昭吉、铁匠张登寿,当看到木匠出身的齐白石很有灵气,便有意收入门下,于是就有了"王门三匠"的佳话。我想如果再遇上个银匠或石匠,估计他一定还会"出手",感觉他收徒有一点凑"花色"的爱好。

齐白石拜了名师王闿运,并非跟着学书画,而是学诗文、开智慧、拓胸襟。其实一招一式的传授,终究还不是最高境界的学习，而真正的名师，给予高徒的往往是理念和经验，或许仅仅是偶然间的一言半语，却能有醍醐灌顶式的开悟和点醒，那么，由"高徒"而再成"名师"，也是迟早的事。

不过，艺术上的传承，最怕的是徒弟"复制"老师，一旦如此，难以脱身。印家陆康先生说他年轻时，就常听老师陈巨来再三叮嘱：你们几位弟子千万不要学我，学我的话死路一条。弟子们起初也不懂其意，后逐渐明白，陈巨来老师已将元朱文印章刻到极致，无人超越，学生再学也是步其后尘，很难有出头之日。类似的话齐白石有一句名言："学我者生，似我者死。"齐白石后来成为一代大师，但凡跟着齐大师后面学画的，如果一招一式一成不变，谁还能出头冒泡呢？同样，我们海派的书法大师沈尹默，但凡跟着沈老学书的弟子，亦步亦趋，则会完全被老师"套住"或"全覆盖"，好比悟空进入如来的手掌，再也跳不出来。这种师徒的状态模式，基本可称为"名师盖高徒"。

所以，竞技体育上的师徒不怕重复，只须"更高、更快、更强"就行。而艺文类的师徒则一定要蹊径独出，穿老师的"鞋"走自己的"路"，学会"差异化"生存。民国时期的清华才子潘光旦，读书万卷，学贯中西。他在清华求学时曾写了一篇论文《冯小青考》，就是写那位"挑灯闲看牡丹亭"的明代才女。老师梁启超读后大为惊叹，在批语中赞道："以吾弟头脑之莹澈，可以为科学家。以吾弟情绪之深刻，可以为文学家。望将趣味集中，务成就其一，勿如鄙人之泛滥无归耳。"结果潘光旦不负所望，另辟蹊径，成了一位既有科学思想又具文学才华的社会学大家。

（原载《新民晚报》2024年8月25日）

# 多恕少怨天地宽

◎ 杨光洲

子贡请教孔子：有没有哪句话可以作为人终身奉行的准则呢？孔子给出的答案简明扼要："恕"。"恕"即宽恕，是对过往坎坷、痛苦根源理解透彻后的放下，是既往的终点，是新篇的起点。与"恕"相反的是"怨"。"怨"即抱怨，或是自陷情绪泥潭的不能自拔，或是传递、放大痛苦的恶意报复。

"恕"的生活态度，不仅适用于古人修身，对于现代人减少负面心理，保持积极向上的人生方向，激发昂扬的斗志，同样不可或缺。而过度的"怨"，则是时常撩开自己的伤口，或为躲在自私的蜗壳中不行善举找借口，或为自己作恶报复找理由。

前不久，我随60余位杂文家到甘肃省陇中地区通渭县等地采风。陇中天旱地瘠民贫，左宗棠曾称这里"贫瘠甲于天下"，联合国相关机构也认为此地"不适合人类居住"。然而，在这块足以让常人怨天怨地怨空气的土地上的通渭县常河镇，杂文家们没有听到农民对生活的抱怨，看到的反而是乡亲们脱贫后奔向共富的意气风发。这与这里的脱贫共富领路人常海增"恕"的思想境界是分不开的。

生于斯长于斯的常海增，比一般人有更多的理由抱怨命运的不公：自幼家庭就是贫困地区的贫困户；9岁时家中凑了学费送他读书，三年后因差1.5元学费再也凑不齐而辍学；13岁时患急病无钱就医，停放在村中专放尸体的窑洞中等死，幸被一路过郎中以"试试看"的土法救活；15岁离家到省城建筑工地打工，居无定所，有时甚至借住公厕……从小工到建筑队队长，从队长到房地产老板，富起来了的常海增没有纠结于对过去生活苦难的怨恨，反而以宽恕的态度开启了与生活新的对话：

我当年因家贫得不到良好的基础教育，如今我办起全省第一家民办幼儿园，为孩子们创造起点上的优势；

我当年因家贫得不到及时医治差点失去生命，如今我办起全省第一家民营医院，尽可能为百姓提供医疗便利；

我当年因家贫在外地打工颠沛流离，如今我投资家乡，成立福兴德农牧林合作社，开发高附加值种植和特色旅游，让乡亲们在家门口就能就业。疫情防控期间，又带领无法出门打工的乡亲们漫山遍野栽种山楂树……如我当年一样贫困的乡亲们脱贫了！

有的人遭受厄运时于人群中低三下四，人格全无；一旦摆脱了困境，就觉得所有人都对不起自己，怨气冲天，好像全世界都欠他的。要他帮助他人，除非太阳从西边出来。更有甚者，认为其他人也应经历自己受过的磨难，甚至以己现有的强势，变本加厉地压迫和自己当年一样的弱者，报复社会，这就是带着恨意的"怨"。

而当一位作家问常海增，怎样看待自己所经历过的苦难时，这位朴实的汉子憨憨一笑："那些都过去了。我尽我的力量，尽量不要让其他人再受我受过的苦。"这就是充满善意的"恕"。

常怀恨意的"怨",难以得到助人的快乐,更不会受人尊敬。而充满善意的"恕",常在更多人的快乐中得到快乐,当然也会受到大家的尊敬,其人生境界,又岂是"怨"者所能比?常海增被党中央、国务院授予"全国脱贫攻坚先进个人"称号,可谓实至名归。

如何少"怨"而多"恕"呢?孔子给子贡讲得很明白:己所不欲,勿施于人。引起你不适、造成你痛苦的因素,就不要在恨意的驱动下加于他人了。反过来讲,你以自己的痛苦经历理解更多人的"所不欲"时,你把更多人的幸福当作自己的奋斗目标时,就不会再为个人过往的点滴得失而抱怨,更不会有恨意的"怨",有的只会是"恕"的宽广胸襟,幸福在为更多人创造的幸福之中。

因为自己淋过雨,所以总想替别人撑把伞。多"恕"少"怨"者,因为爱而高尚。这与两千多年前孔圣人的要旨是一致的。

(原载《义乌商报》2024年7月12日)

# 进退两相宜

◎ 三 三

如遇到难以迈过的困境,退一步也无妨。

常去家附近的咖啡馆写作。坐在三楼,点一杯拿铁,整个下午都以它为燃料。一日,忽听得楼下一片嘈杂。有个女孩上楼来告诉我,店主正在举办"以物换物"的活动,一楼中庭来了许多人,并邀我下去看看。

好奇心作祟,我连忙跑下楼。平时的备用桌都支了起来,摆着琳琅满目的货物,俨然一个小型市集。前来参加的多是女孩,用以交换的物品从首饰、玩偶到插座、跳绳,应有尽有。有一位女孩带了数十副耳环,送给来玩的顾客,说收藏太多清库存,不需要交换。我毫无准备,手里只有一本《世界之门:感官的故事》,因未读完而不舍得换出去。悻悻在一旁围观时,那女孩忽然递给我一副爱心耳环。

散场以后,我与她们闲聊,无意间窥见一种新的生活方式。A没有找到工作,为节省成本移居郊区,平时做社工来维持生计。B的前公司结构调整,年初,她从新媒体的岗位离岗,拿到补偿金后打算休息一阵。C与我的生活方式更相似,自由职业,其中一项是给某平台供稿。她们的年龄参差不齐,最年长的与我相近。

纵观这几年,一系列诸如"内卷""内耗"等新名词,带着阴云从网络上纷纷冒出。随之而来，周围的朋友们包括我也多少受过一些影响。然而，那日下午与女孩们的相见，让我重新感到一种原始的纯真与坦然。她们暂时选择了一种生活状态。她们存在于此刻，葆有丰沛的生命力，丝毫不为未来的得失担忧。

　　人生于世，很容易被外部的巨大声音所裹挟。这真的是我们想要的？还是仅仅因为我们急着去取悦外在的声音？乾卦自然是阳刚之始，即使如此，也该顺应进退之宜。如果气势不顺，何必迫使自己下场硬搏，徒然自伤而已。《文言》释九四爻，引用孔子的解析，读来也让人豁然开朗。"上下无常，非为邪也；进退无恒，非离群也。"人的升降本就没有定数，落于下位并不是因为心存邪念；进取或者引退也同样，一时引退，并不意味着远离人群。此一语道破机遇的重要性，以及一时的逆境绝非个人的过错，不必勉强自己。

　　因此，如遇到难以迈过的困境，退一步也无妨。回到最具体的生活里，敞开心胸，尽可能去体验四时万物的流转，实现一些原来想做却没时间的计划。驱逐焦虑，留守元气，迎接所有新的变化。

（原载《新民晚报》2024年9月5日）

# 蚂蚁视角与宇宙视角

◎ 高　伟

　　去年开车自驾去秦皇岛旅游，在秦皇岛海边把车停下，和老公在海滩上搭起了一张桌子，用手机在附近饭店点了几个海鲜和小菜。吃螃蟹的时候，几小片螃蟹壳掉落在沙滩上。不一会儿，一群蚂蚁就来到了我的脚下，争起了最大的那个螃蟹壳。那个螃蟹壳在我的眼中只是碎屑而已，但也比一只蚂蚁的身体大许多。首先抢到最大蟹壳的那只蚂蚁，在众蚂蚁的围追堵截中过五关斩六将，独自扛着那个比它的身体还大一倍的螃蟹壳吃力地走远了。它像个搬家的人扛起一个硕大的冰箱往前走。然而，这只小蚂蚁一定怀揣着捡了宝贝的惬意和豪气。我则在一旁笑得要命：一个我吃剩下的里面剩了点肉屑的壳子而已，连垃圾的体量都够不上，在蚂蚁的眼里就成了泼天的富贵。

　　前不久，我作为当地作家跟随青岛媒体去平度拍摄有关二十四节气之"惊蛰"的节目，在一农家拍摄惊蛰吃梨的桥段。农家里有两个小娃娃，五六岁的样子，大的是姐姐，小的是弟弟。家里有一个玩具，姐姐拿了玩具玩，弟弟想要这个玩具，姐姐不给，弟弟就抢。姐姐躲，弟弟抢不到，还用小拳头打姐姐。姐姐回手打弟弟，弟弟哭闹。爷爷出场让姐姐让着弟弟，姐姐把玩具给了弟弟，气哼哼的。我们觉得这真是小孩子的游戏。

我想到了成人世界。那个玩具变成了金钱和功名，变成了富豪排行榜，变成了××文学奖。成人玩具也是必须有的，以便让成人的能量有一个释放的地方。如果只是为了生存需要，一个月有几千元就够花了，富豪排行榜上的身价数字，仍让一般人羡慕。还有，一个人活在艰难的人世间，被当成励志的榜样，这本身就是一件多么耀眼的事情。而那只小蚂蚁扛起蟹壳穿越众蚂蚁的身影，在蚁界也是颇豪迈的。

我看过《星际迷航》这部电影。影片里面包含了各类天马行空的想象、精密的世界观和大量的科技元素。电影以无微不至的人文关怀让观众暖心。影片中所有从太空回来的宇航员，他们的感官和精神都受到了巨大的冲击，因为他们亲眼看到了有史以来人类不曾见过的震撼场景，那就是在浩瀚的星空当中，地球显得如此孤独而渺小，真的就是一粒尘埃。不用在太空看地球，就是在飞机上看地球，我们也看不到地球上的人类。这就像我们急匆匆赶路时看不到脚下的蚂蚁一样。而且，在飞机上看地球，你会发现它的上面没有任何国家与民族的分界线，只有山川、湖泊、大陆、海洋的区分。有关国家与民族的划分，其实是人类后来添加进去的，是人类以庄严的集体为名义的一种地产界定。因此有了地球仪，有了地图上的条条线线，有了亚非拉欧。

假如宇宙中真的有一种更高维度的智性生命看待地球上人类的生存状态，看见人类用炮火射向同类；看见人类为了一系列大小权力你争我夺、互相诋毁的样子；看见人类把一百多斤的身体安置在偌大的别墅里，更有甚者买下一个私人岛屿来安放这个小小的肉体……那些在高处看着人类的智性生命,会不会如我看脚下的蚂蚁争夺碎蟹壳那样,发出一阵阵嘲笑呢?

(原载《今晚报》2024年7月3日)

# 帽子的随想

◎ 黄天骥

秋冬季节,北方的朋友,无论男女老少,在室外都要戴上帽子。中老年人,为了御寒,帽子自不可少。青少年人,戴帽子则除了御寒以外,兼作时尚装饰。帽子有五颜六色的,样式有离奇古怪的。如果从高处往下观看万头攒动的人堆,您根本看不到人的脸和头,只能看到一堆挤挤涌涌地流动的帽海。

在岭南的广州,秋冬之际,气候相对比较温暖,有些老人和打扮时髦的女性,也会戴戴帽子。老人家为御寒,女性则更多是为了打扮。我见过一些女孩子,穿着差不多要露出屁股的短裙,头上却戴着花样繁杂的帽子,仿佛头部进入了冬天,腿部却还留在夏天,真匪夷所思。

至于青年和中年的男性,秋冬期间,一般是用不着戴帽的。在我的记忆中,二十世纪的四十年代,广州的男性,夏天上街时,为了遮挡阳光,往往戴上白色的"通帽",它顶部呈椭圆形,旁边有几个通气的小孔。帽檐则稍宽,围着周边,可以遮挡阳光。这种样式的帽子,多半从东南亚传入。在秋冬,男性会戴上"唸帽"(注:鸭舌帽),它以厚布或毯布制作,帽子前方,伸出短短的帽檐,戴起来比较随便。如果男性у要出席比较庄重的活动,或要表现绅士的风度,往往会穿上西服,戴上"礼帽"。不过在广州,戴者也并不多。

　　到了二十世纪的五十年代初,不少中青年人开始戴"解放帽",样式和人民解放军的军帽一样,只是没有红色的有着"八一"字样的军徽。戴上这些帽子的,一般是南下干部,更多是表示追求进步的男女青年。到二十世纪六十年代初,在广州戴帽子的人少了一些,干部们若戴帽子,一般会采用深蓝色,不知是什么缘故。再后来,到了"文化大革命"期间,"红卫兵"无论男女,一律穿上军装,又一律戴上没有军徽的军帽。

　　我是广州人。据说在二十世纪以前,广州的冬天还是比较冷的。屈大均在《广东新语》中记载,在除夕的晚上,广州人还有"卖冷"的风俗（后来演变为"卖懒"）。要把"冷"卖出去,可见冬天的气候颇为寒冷。直到二十世纪五十年代初我在中山大学求学时,还曾亲眼见过在康乐园西大球场边,寒冬早上草尖结的微霜,冷得让人打战,脚丫子上长出冻疮也是常有的事。

　　不过我这一辈子,却从未戴过帽子。听大人们说,我在婴孩时期,如果戴上帽子,便呱呱地哭喊。长大了也从不肯戴帽子。我的脑瓜其实不大,若在冬天戴上帽子,本来也颇合适。但是,一旦戴上,便觉得浑身不舒服,热气直往上冲,会昏昏然,懵懵然,甚至会发脾气。有一回,老伴儿给我买了一顶"巴黎帽",那是顶上有颗小结,黑色绒制颇为时髦的小帽。我对着镜子试戴,觉得自己的头,就像块冬菇,而且头脑发热,又像孙悟空被观音菩萨套上紧箍。我来不及等她念上"唵、嘛、呢、叭、咪、吽",便摘下了"巴黎帽"溜之大吉。从此,老伴儿再也不敢给我买帽子了。

到一九六九年我们下放到"五七"干校,地点在粤湘交界的天堂山公社。我们在山腰搭起茅棚住宿。这天堂山海拔高约七百米。到冬天,山上奇寒,大雪过后,花草树木都挂上了冰。在假日,"五七"战士们纷纷穿起厚厚的棉衣,戴上重重的棉帽,到茅棚外面欣赏"树挂"的奇景,我却没有戴帽子,因为在广州准备行装时,就没有考虑要带上帽子,而且一向不怕冷,除非在游泳时需要戴上泳帽,其他时候一律不戴。话说那一天,我和一批"五七"战士欣赏"树挂",看到松叶松枝都被薄冰包裹着,显得玲珑剔透,就像挂着一串串翠绿的琉璃,不禁啧啧称奇。就在大家举头欣赏之际,我忽然发现山路旁边有一堆牛粪,上面被冰罩着,形成一个透明的椭圆形的盖子,宛如用倒扣的玻璃碗盖着一盘红烧扣肉。那一段时间,我们顿顿下饭的菜都是素煮青瓜,"口中正淡出个鸟来"(《水浒传》中语)。我看到这盘久违的"菜式",不禁哈哈大笑,也招呼"战友"们过来欣赏。谁知来围观的人中有钟有初连长(他原是数学系的党支部书记,被任命为"五七"战士的"连长"),他见我在三九寒冬竟没有戴帽子,便大声叱责我为什么不戴帽。我说我没有帽子,也不觉得冷。他大声呵斥:"您这人不识好歹,想死吗?"跟着便摘下自己的围巾缠在我的头上,绕了几圈再打上结。我想,这不是让我成了印度的"摩罗叉"了吗?那时,我虽然不很情愿,认为他作风生硬,实在多此一举,但内心确也感受到"战友"情的温暖。前几年,老钟病逝,我想起他把自己的围巾缠绕我的头充当帽子一事,不禁黯然神伤。

老钟说我不戴帽子是"不识好歹",细想也是!不识好歹,就是不知气候变化，不按规矩，换言之，不按传统的认知办事。所以，他对我的批评是对的。

确实，从古到今，特别是男性，出门多是要戴帽子的。但在广州，近些年，冬天天气还变得更为暖和，青壮年一般不必戴帽子，一些人还特地把头发剃得精光，活像个亮晶晶的琉璃蛋。至于老年人，或许还是会有戴上帽子稍御风寒的，而我已到"奔九"之龄，在冬天依然没有戴帽的习惯，按中医的说法，可能是肝火旺盛的缘故，这未必是好事。

再细想，我国从上古直到近代，男性戴帽，其实也是身份的标志。例如从秦代开始，皇帝在出席盛大的典礼时，要戴上"平天冠"，这玩意儿，除了天子，谁也不敢戴。有时翻翻古书的插图，不难发现，从周代开始直至晚清，无论春夏秋冬，男性出门时都要戴帽子。除了元朝的帽子是有边缘的圆盔形，以及清朝的帽子是顶上拖着花翎的倒扣的盆形以外，其他由汉族皇帝统治的朝代，大小官吏一律戴的是前边低、后边高的乌纱帽。我想，也许是汉族人受"身体发肤，受之父母，不敢毁伤"教导的影响，于是从来没有剪掉头发的缘故。但身后拖着长发，实在很不方便，解决的办法，就是把头发束成髻子，缠在头顶，结成圆形。这一来，所戴的帽子，必然要造成前边低后边高的样式，否则头部偏后的发髻，便没法扎紧套住。

在帽子的后边，周秦时期多垂着两条带子，看来是必要的，它用以盘束帽檐，防止帽子脱落。后来制帽手艺有了进步，工匠们已经能根据消费者头脑大小的规格制作帽子，这两根带子便逐渐演变为装饰品，可以显示士人潇洒的神态。再进一步，人们又把这两根类似盲肠没有多大用处的东西，演化为圆形、方形，或可以摇摇晃晃的长条形。总之，头部装饰的增大，自然显得威风凛凛。广州人不是说那些故作姿态者为"大头佛"吗？可见，戴上高帽或大帽，确有显得"威水"，亦即让人颇为得意。

到宋、明两代，官员的帽子，两边的带子更演变为向左右伸出的两根长条，那是由于皇帝为了防止官员在朝廷上交头接耳。试想想，如果官员瞒着天子说悄悄话，甚至私下策划政变，那么双方帽边的长条便会互相打架，让说话者很不方便。这一招类似物理隔离，在未有摄像头和窃听器的时代，确颇管用。至于《三国演义》说，吕布戴的是"束发紫金冠"，看来这厮自恃武艺高强，不戴头盔，但是还是要戴上小一点的帽子用作装饰。

到了清初，满族的贵族统治者强迫汉人把前额的头发剃光，不是有"留发不留头，留头不留发"的禁令吗？为了保存脑袋，民众大多数也只好"不留发"。但是所谓不留发，只是剃掉脑瓜前半部的头发，至于头脑的后半部头发依然保留，不过不是把它扎成发髻，而是编成辫子，让它拖到屁股后边，活像长出一条老鼠尾巴。这一来，人们再不能戴高帽子，再不能像屈原所说"高余冠之岌岌兮"了。当然，宋明时期伸出两条横杠的官帽，现在除了在戏曲舞台上还有演员耍弄以外，再也不复存在。

到了晚清，许多人受西方文明的影响，索性把"老鼠尾巴"剪掉。当然，为了御寒挡风，人们也会戴上帽子的。有些人穿上西服，往往戴上呢帽，打扮成"假洋鬼子"。到了抗日战争期间，解放区的群众和干部，多戴类似军帽的"干部帽"。在一九四九年广州解放以后，戴"干部帽"者越来越多，这种布制的八角帽子也成为都市的流行色。当年人们戴上这种帽子，也是追求进步的一种表现，显示对工人阶级和军人地位的尊崇。不过"文化大革命"以后，戴这种帽子的人，似乎也比较少了。

时代的变化，让语言中的名词和动词也会发生变化。例如"经济"一词，在古代是指管治的才能，现在变为了与钱财有关的含义。又如"搞"这一动词，在粤语中除了表示搅动的动作以外，它更多属于贬义。如说"乱搞廿四""搞搞震""搞鬼"之类，但在一九四九年之后，随着普通话的普及，"搞"这一动词可以用于一切，像说"搞工作""搞教育""搞政治工作""搞恋爱"，则再无褒贬之意。至于"帽子"一词，除了仍指戴在头上的服饰以外，从二十世纪五十年代开始，它又多了另一种含义。这种被称为"帽子"的帽子，并不是真正用布料或皮革之类制作的，它是一个非物质的名词，是一种政治罪名。不过这种"帽子"非同小可，若被扣上了，往往会万劫不复，被批倒批臭。而给别人戴"帽子"的人，往往后来又被人扣上新的甚至更让人难受的"帽子"，这真应了清初流行的《剃头诗》所说"世之剃头者，人亦剃其头"的话柄。

近年来，又出现一种新"帽子"，这俗称"高帽子"。幸而它也不是实体，若是实物，戴上了它，岂不就像阎罗王身边的"黑无常"或"白无常"了吗！另外，这种虚的"帽子"，往往是自己给自己戴的，而戴的办法，就是在名片上写满密密麻麻的头衔。我见过有人使用能够对折的纸片，上面铺满了字，列出不知多少名目和职务，其实，接受过这类名片的人，谁也不会细看，转手便把它扔进垃圾堆。

到现在，名片不时兴了，而戴"高帽"的手法，却变得多种式样。当然，这些"高帽"，有些是自戴的，有些是别人给他戴的。有些讲座上，策划者给主讲者列出一连串头衔在屏幕上显摆。"帽子"有些是主讲者提供，有些是主持者搜集，这种王婆卖瓜，类似商业广告式的"帽子"，似乎越来越流行，常让识者失笑。当然这种"高帽"我也被戴过几次，说起来自觉脸红。

看来，真帽子，假帽子，帽子与"帽子"，自古以来，一直是同时存在。以上是一些戴帽子的随想，聊供一哂。

（原载《随笔》2024年第4期）

# 一厘米的丰碑

◎ 成向阳

当看完桐庐瑶琳仙境景区瑶琳洞中那些令人叹为观止的钟乳石和石笋景观后,我很想搞清楚它们究竟是怎样形成的,就追着讲解员求教。阳春三月,坐在景区的一棵大树下,我与女讲解员的交流越来越像一条向着远处蜿蜒而去的河。

讲解员梁慧很沉静地告诉我,地下的流水在以自身力量拓出溶洞之后,紧接着就会创造沉积物。这时,流水的身份开始从探险者转变为艺术家,而其永恒不变的耐心却一如既往。事实上,沉积物的产生在溶洞的开拓过程中就已同步开始,只是在溶洞空间变大之后才更为明显,对流水自身来说,这也更为便利。

"由于气候、雨量的变化,以及洞顶土层、植被的逐步加厚,地下水的流量和流速都会受到影响。而在水流变慢的情况下,含有石灰岩溶蚀成分的水就会点点滴滴垂落,落在地上,然后一点一点地累积,朝上长成或直立或倾斜或弯曲的笋状、塔状、扇状、柱状、藕节状、花朵状、水母状的石笋,如果在垂落的过程中凝固,就会朝下形成冰柱状、吊灯状、钟乳状、葡萄状、空心麦秆状的钟乳石,而一旦石钟乳和石笋上下对接,就会连接为令人震撼的石柱。那些在溶洞形成过程中坠落的巨大块石,如果没有被地下水裹挟而去,就会变为基石,被从洞顶垂落的碳酸钙溶液渐渐包裹，然后点点滴滴、层层叠叠，形成钟乳累累、千姿百态的滴水石。瑶琳洞中很多规模巨大的石柱群，都是这样形成的。如果这些钟乳石紧贴石壁，且密集成列，就会形成钟乳石幔、钟乳石旗。另外，在很多游人看不到的第四厅地下水道和没有开放的第五、第六厅内，还有很多的洞穴梯田、洞穴珍珠……"

这真的是一个神奇而伟大的创造过程。那么，水流究竟需要用多长的时间才可以造就一根石笋或石柱呢？"当然很慢！"梁慧沉默了好一会儿才平静地说："即使在气候、水量和洞顶渗透情况都足够良好的情况下，钟乳石每增长一厘米，都至少需要七八十年的时间。"

这是一个令我惊愕的回答。直到梁慧告诉我，洞中的那些高八九米，甚至十余米的石柱，都是三百万年时间以上的产物，我才忽然明白，我刚刚在洞中浏览的两小时，几乎每一步都是在与时间之谜擦肩而过。那些罗列在洞中的钟乳石，都是浩瀚时间的见证。而瑶琳仙境则是被流水深藏在地底的宇宙计时器。来到这里，便是来到时间隧道的最深处，过往，此刻，未来，在一束幽光中交集在你探寻的眼前。

我不禁沉思，七八十年，不正是我们这些普通人的一生吗？我们用此时间究竟可以做些什么？如果说，注定要庸庸碌碌，在焦虑与惶惑中荒废光阴，那么不如俯下身来，向地下的流水学习。学它的不急不躁，慢中求进，久久而为功。如若可以用精神的流水冲刷生命中遇到的艰难困苦，在七八十年的一生中积累点滴而略有所成，那是否也可以视为一座"一厘米的丰碑"？

（原载《新民晚报》2024年4月22日）

# 更善的选择

◎ 米 哈

大家都听过"日出而作，日入而息"这句话，但不一定知道这句话来自先秦时期的一首诗，名叫《击壤歌》。

什么是击壤？它是一种古时的投掷游戏，玩家将一块木板放在远处，然后用另一块木板扔过去打它，击中者为胜。《击壤歌》则讲述尧帝时期，有老人在路边玩击壤，旁人见他有闲情玩乐，赞叹天下和平实乃尧帝行德政之果，但老人听了不以为然，唱道："日出而作，日入而息。凿井而饮，耕田而食。帝力于我何有哉？"老人的意思是，他每天早出晚归辛劳工作，自己凿井才有水喝，自己耕种才可以饱腹，一切日常自给自足，付出了一天的劳动才换来空暇玩乐，实在不明白这跟尧帝有什么关系。

因为这个典故，后人以"击壤"比作太平盛世，而唱《击壤歌》的老人，也被视为蒙受尧帝恩泽而不自知的纯朴又无知的百姓。老人的无知，在于他不知道之所以可以自给自足，源于尧帝行德政以至天下太平，同时，他也无知于不理解自己工作的目的。老人的劳动实践与想法，跟现代都市人没有两样。

老人日出而作日入而息，每天辛劳，为的是温饱，而勉强说他要追求之目的，也就是换来闲情。这样的想法没有错，只是"以辛劳换闲情"的矛盾本质，太容易叫人迷失于劳动。

在此，我们可以回想一下古希腊哲学家亚里士多德的提醒。亚里士多德认为，工作是追求幸福的一种运动，也就是将自己"潜在"（dynamis）转化成"现实"（energeia）的过程，而这样的转化是为了让我们可以做"更善的选择"。

老人自给自足的劳动，或许有善于自己，但如若他能够明白工作的本质，以工作来创造更多的善，正如尧帝的工作，就是创造了一个善的世界，让百姓好好生活，那么，工作就不只是劳动。

如果你发现自己正在迷失于无休止的忙碌，不妨想一想：你的工作，有善于谁？你的工作，又可以怎样让你做出"更善的选择"呢？

（原载《大公报》2024年5月13日）

# 猜时间，不猜命运

◎ 卢小波

猜时间可以，但不要猜命运，只抓紧眼前生活就好。

年轻时，我有个朋友喜欢猜时间。当年没手机，手表也不是时时戴着。每逢有人问现在几点，他就说，我们猜猜？他不看手表，但猜得似乎更准。多年后，他说那是在训练直觉，愉快的游戏而已。

事关命运，猜时间就很难熬了。苏联诗人曼德尔施塔姆，1937年被流放到一个边疆小城。重压下精神出了问题，他一直在猜自己会在几点钟被枪毙。病房里挂着一个大壁钟，让他更恐惧。有一天，他又在疯狂地念叨，马上就要镇压，马上，时间就在傍晚6点！

有个女管理员建议曼的妻子，不如悄悄拨快时钟吧，避开这个致命时刻。妻子依此行事，然后指着壁钟对曼德尔施塔姆说："瞧，你说6点，现在7点15分了……"说来奇怪，诗人丈夫与钟点有关的妄想症，此后再没有出现。

换成如今，人人都有手机，时间精准得令人发指。诗人当年的钟点恐慌症，今日肯定没救。我每次开车出门，车库栏杆边的电子屏就飘过一行字："距你下次缴费，还有×××天……"把倒计时和钱包连在一起，真让人讨厌啊。

时间有假象，有时会让人以旧为新，或以新为旧。前一段，看长篇《沧浪之水》改成的电视剧《岁月》，男主角胡军、女主角梅婷，面相都显得老旧。二位脸上有细纹、痘痘，牙齿偏黄，甚至齿缝也宽。这是2008年的片子，男女明星均风华正茂，为何显老？反而是近些年来，这两人更显冰肌玉肤，唇红齿白。每个人在时间线上都有定位的，但只看影像，便颇费猜度。

时间有弹性，有时是三年如一年，有时是一年如三年。时间快还是慢，端看您怎么用它。

有几个海外朋友，每次回来相聚，都要算算有几年未见。朋友就是彼此的时钟啊。有位好朋友患癌症。去年底再聚，我问，满5年了？她说，哎，还有1年8个月呢。

5年，就是所谓5年生存期。时间嘀嗒，就此而言，我们希望5年快点到，那意味着安全。我对她说："不讲别的，为了我，你也要好好活着。少了你，有些事就永远埋没在时间里，连我都不敢相信了。"

时间都去哪里了？这是哲学问题，但普通人不猜也知，时间就是时间，无论好坏，它都不会消失。

我有一个小众品牌的意大利皮包，每天拎着上班。某日，单位突然通知放假，我收了桌上香蕉，放入皮包内就走。九天后上班，香蕉成了一根泥炭，黑渍渗到了皮包外层。这是在碍眼刺眼地宣告，香蕉是怎么腐烂的，时间就是怎么霉变的。

昂贵的皮包，必须恢复如初呀，但没有想象的那么容易。我提着它，一家家皮具店去打听："请问我这皮包⋯⋯"口口声声皮包皮包，忽有荒诞感袭来，想起一件往事。多年前部门一同事，处理一篇捉贼稿子,标题上说,小偷在公交上割人包皮……大家先是吓坏,后又笑坏了。这位年轻人,当年调笑称我为"老男人",想想现在,他也早已是老男人。时间在公平中,还是能显出幽默的。

时间面前众生平等,但对哲人伟人更厚待,因为他们还有另一种时间。普通人不明白这点,会对自我时间产生可笑的"伪崇拜"。

我最喜欢的女作家苏珊·桑塔格,原来一直以为她冥寿过百了。其实,她比我爸岁数还小。某日读她传记,说1971年她不到40岁,我算了算,那年我爸42岁。前阵子,某个基因公司的董事长叫嚷说,活得够长才是硬道理,在长寿面前,莎士比亚不算什么……我得以我95岁老爸名义批评他,那是扯淡。我希望老爸活120岁,但就算1200岁,也赶不上莎士比亚的1分钟。此理人所皆知,但董事长何以不懂?

人的一生有很多时间,是不得不浪费的。比如,战争中的士兵,时间不属于自己,只有时间的感受属于自己。

有本叫《被遗忘的士兵》的书,是个德国士兵的二战回忆录。他历经战争回到家,看到壁炉上有一张自己的照片,相框旁的花瓶里,插着几枝枯萎的花。那一刻,20岁出头的他,顿觉自己无比苍老。如今,俄乌战争中的士兵,回到地堡或其他安全之地,多数可以用手机,他们可以随时看到享乐的平行世界。但唯其如此,他们可能会觉得,时间更难熬也更残酷。

时间在短期内常给人以失望,长期打熬却给人以韧性外壳。在时间的腐蚀里,增强心理抗氧化能力,普通人也可以做到。

我有个博士朋友，毕业后找教职不易，在大学教书也不顺，没两年又换学校，评职称又争破头；买了房子也不甚满意，沮丧极了；身为女性，年近四十结婚，生娃带娃处处艰辛。后来我们一块儿盘点，在当时看，每一个节点都是挫折；回过头远望，每一个挫折点都在转弯、爬坡。

另一位朋友，头一年自己做手术，次年是妹妹做手术，转年又是父亲动手术。每一场都是生死攸关的大手术。四姐妹中，她是长女，生性谨慎犹豫，但大事偏偏要她做主。内心煎熬中，她会跟朋友倾诉，无非是在选择时，有好几个声音在对喊，她需要强化已选定的那个声音，跳过时光看看未来。所谓年年难熬年年熬，关关难过关关过，谁不是这样呢？

斯多葛主义哲学家塞涅卡说："学习如何生活，需要一生的时间。"以我之见，一生太长，后悔的事太多。猜时间可以，但不要猜命运，只抓紧眼前生活就好。错了就错了，只要生活还在你的时间里。

（原载《新民晚报》2024年2月6日）

# 敬 告

由于编选时间仓促、工作量大，未能及时与所选作者一一取得联系，请见谅。现仍有部分作者地址不详，为及时奉上稿酬和样书，请有关作者与责任编辑联系，我们将尽快为您办理，谢谢您的理解和支持。

**联系方式：**

电　话：024—23284306

E-mail：69729520@qq.com

微信号：13998229823

辽宁人民出版社

2025年1月